Éditions Héloïse d'Ormesson | ROMAN

Daniel Bourrion

Le pays dont tu as marché la terre

L'auteur et l'éditeur remercient Ariane Molkhou
qui a accompagné et soutenu ce projet.

ISBN 978-2-487819-25-2

Éditions Héloïse d'Ormesson,
92 avenue de France, 75013 Paris
info@lisez.com
www.editions-heloisedormesson.com

À la mémoire de René Neveux

1

Je ne sais par où commencer, cela remonte au loin, suffisamment pour avoir laissé à quelques décennies tout le loisir de mâchouiller le peu qu'il reste de l'époque et tout autant de nous.

Au vrai, ce que j'essaie de tirer de leurs bouches mortes, ça ne ressemble à plus grand-chose, c'est presque rien, quelques impressions que je conserve au fond des yeux, où elles flottent pareilles à ces voiles gris qu'on distingue sur l'eau tôt le matin, près des étangs ou des marais, des chemins creux.

Nous y marchions. Nous y courions. Ils s'ouvraient autour de nos chevilles, se refermaient derrière, coupaient nos pieds de leurs dentelles. Jamais nous ne parvenions à même les effleurer. Nous avons essayé.

Ceux qui comprennent de qui ou quoi je parle ici viennent des mêmes lieux, connaissent la route et les virages et les graviers et la descente ensuite légèrement folle vers le bas du hameau où demeure une belle que personne n'habite.

Tout juste avant, il y a aussi une autre très belle qui maintenant héberge une famille que je ne connais pas alors que je connaissais celle d'avant quand ils ne s'étaient pas encore séparés après s'être jeté à la figure tout ce qu'on se jette.

J'avais également fréquentation de la famille d'avant avant, un couple un peu âgé, du moins à mes yeux du moment, qui avait parcouru le monde avant de revenir ici, je crois pour elle souhaitant retrouver l'horizon des enfances.

C'est avec ce couple nous invitant que j'ai découvert les murs du dedans, les pièces sereines, impressionnantes, détachées des jours passant dehors, aussi leurs meubles lustrés, tellement qu'on aurait cru s'y voir.

Dans celle de devant à droite après l'entrée, un bureau, des centaines de livres au cordeau. Le maître des lieux m'en avait offert un ou deux, ils sont toujours dans mes rares ouvrages, j'ai l'image de leurs dos d'un vert sérieux rehaussés de dorures. Dans le cuir, il s'agissait de Maupassant.

J'ignore si tu as franchi ce seuil, celui de la très belle maison, la première, cette bourgeoise dont j'ai vu l'intérieur, le rez-de-chaussée, le salon impeccable où nous prenions l'apéritif, le jardin derrière enclos en partie de son mur de pierre à moitié effondré, qu'un grillage neuf trop vert poursuivait par la suite jusqu'à embrasser le verger qu'il enfermait. Si tu as passé quelques minutes dans la cuisine d'où on pouvait descendre sur le gazon, une herbe plutôt dans laquelle des chats nés de nulle part se cachaient, chasseurs évidents.

C'est improbable, quoique pas totalement impossible. Improbable, parce que le monde dans lequel tu vivais et celui du propriétaire composaient deux univers parallèles entre lesquels, par je ne sais quel miracle, j'ai pu effectuer mes allers-retours.

Pas impossible, parce que s'il se trouve, tu as été quelques heures à tondre l'herbe, ramasser les feuilles mortes, rassembler les brindilles issues de la taille des rosiers qui combattaient le long du mur, faire de tout cela des feux, de ceux qui moribonds envoient leur fumée grise odorante ramper partout en panaches silencieux, dont les linges oubliés à sécher ici ou là, parfois très loin dans les jardins aux alentours, gardent le souvenir.

Peut-être, oui, que tu en as été, de ces petites tâches que le vieux militaire aimait à faire lui-même ou à déléguer à quiconque voulait gagner un billet, une dizaine de francs, boire à la fin un jus de pomme, d'orange, grignoter au debout dans la cuisine des biscuits secs au goût d'ailleurs, cannelle, une cassonade dont on sentait dessous les dents les grains.

Si cela s'est fait, si tu es devenu une heure durant ces petites mains qui lui permettaient de retrouver son appétit du commandement, peut-être aussi que tu as écouté ce haut gradé à la retraite raconter les pays dont il avait foulé les sols, les horizons qu'il avait crus, certains si loin que tu n'arrivais pas à les imaginer sur la même planète que la tienne, la mienne ; te décrire ces contrées dont tu savais déjà pertinemment que tu n'en verrais pas une seule, toi qui, de ce que je déduis, n'es jamais allé plus loin que les villages autour, le petit bourg là-bas, à voir – ta planète bleue tenait dans quinze kilomètres de diamètre, en comptant large.

J'ai la conviction, en tous les cas, que tu n'es jamais entré dans l'autre, l'énorme, celle sortie de terre il n'y avait pas si longtemps, celle dont la forme pataude, ostentatoire, suggérait un vilain pâté à moitié rose de sa pierre apportée sur le chantier par des camions arrivés de bien loin. Et si j'ai cette certitude, c'est simplement parce que nulle âme n'en a franchi la porte hormis celui qui l'avait fait construire, ce fait est de notoriété publique.

Dans le village, beaucoup parlaient de ce vieil homme, jalousé puisque assis sur une fortune où il n'habitait même pas, la laissant vide complètement, lui préférant une autre beaucoup plus vieille, où étaient morts les précédents, accolée aux hangars de l'entreprise qui avait permis à ses richesses de grandir aussi vite, aussi haut que le haricot dans cette légende.

Lui, je parle du vieux grincheux, je ne l'ai croisé que quelques fois quand il s'agissait d'aller chercher dans son stock un sac de ciment, il en vendait à qui voulait, venait. Lorsque je chargeais ma brouette, je me souviens d'avoir senti qu'il me jaugeait avec ses yeux pointus.

Le reste du temps, il traversait à bord de voitures presque grasses à force de gonfler, d'occuper la largeur de la route, tellement que dans les toutes dernières, sa casquette dépassait à peine du volant plein de cuir cependant qu'il passait sans paraître nous remarquer – nous ne distinguions qu'un profil.

Dans ce profil encore, proéminent, je me souviens d'un nez qu'on aurait dit bec d'aigle et qui, le nez, tout à la fin à ce qu'il se raconte, rongé par le mal qui mangea le bonhomme qui ne l'était pas, qui avait vécu vie à exploiter la force des autres, ses employés gardés comme des enfants insignifiants, avait donc disparu, remplacé par un trou de sanies qu'il dissimulait au regard de sa famille, de l'infirmière, du médecin qui connaissait l'issue, n'en avait rien caché, par un mouchoir noué dessus faisant de lui un moribond condamné à jouer au cow-boy d'antan.

Des deux maisons ainsi, pour revenir à mon histoire, la tienne, tu n'as peut-être jamais franchi la porte de la première, de manière certaine pas celle de la seconde.

Et, quand j'y repense d'ailleurs, pas plus la mienne. Je n'ai nulle preuve de cela, la réponse est dans le ventre du temps, je préfère ne pas y aller chercher, je pourrais découvrir que moi non plus, je ne t'ai pas ouvert, cela rajouterait une couche à ma petite tristesse, on s'en passera, c'est toujours ça, c'est lâche, mais nous, tous les vivants, le sommes en attendant d'être à ton image morts pour de bon, débarrassés.

2

COMMENT pourrais-je ne pas t'écrire? Tu vivais juste là.

Moi, je n'entre dans la nasse de ton souvenir qu'en empruntant d'abord la route d'où on voit le plus loin, c'est un des rares hauts points de notre pays n'en comptant guère.

Pour être précis, je ne parviens à notre passé commun qu'en empruntant cette route, puis les virages qu'elle déroule avant de se cogner dans le hameau inaugural, une simple jetée de maisons basses grises le long d'un bitume à gravier virevoltant, dont l'été concocte une soupe de grumeaux qui pétillent sous les roues, les garde-boues.

Si on arrive à bicyclette, on a tôt fait d'y chuter. Venue du plateau, après avoir fait mine de se perdre dans les champs sur lesquels surnage un vestige de forêt où nous ne sommes jamais entrés alors qu'il se trouve à deux pas, littéralement une promesse, la départementale traîtresse plonge sans prévenir vers un niveau plus bas à la faveur d'une cassure des couches dessous qui ploient.

Ce pli a son explication, un sens, quelque chose dépendant d'immuables règles géologiques qu'un enseignant à la barbe en collier, dans un cours dont je n'ai par ailleurs rien gardé, nous avait expliquées à l'aide de ses cartes colorées, venues en appui d'une démonstration qui le laisserait échevelé, lui le toujours peigné – il ne se doutait pas que j'exhumerais cela bien après que la sonnerie aigre ait retenti et qu'il soit mort, du moins probablement.

Reste qu'au milieu du double S, juste à l'instant où, concentré, on tient fort le volant, le guidon, pour ne pas se jeter dans les ronces incroyables, que j'invente peut-être ou dont je suis seul à conserver l'image, qui tapissaient tous les fossés, une petite rue débouche pile dans l'arrondi. Tous se font surprendre, même ceux du village qui chaque fois oublient ou redécouvrent l'impasse, à l'exacte bouche du virage cachée.

La surprise ne dure pas. La chaussée, toujours elle, encore elle, vous tire rectiligne puis plonge vers le grand creux en bas qui tient le fond de la vallée sur aisément cinq kilomètres de long, autant de large, une cuvette elle aussi liée à quelques millénaires, le peu qu'il a fallu à un glacier pour raboter son lit dans un effort qu'on ne peut s'imaginer.

Le hameau dont je parle, le tien, une poignée de vies et autant de maisons dont beaucoup délabrées, les vies à reflet des bâtisses, ne dure pas non plus puisque j'en sors filant et toujours étonné de m'en être tiré intact.

Derrière, je laisse l'endroit où tu as déroulé ta vie, où tu es mort à même pas cinquante années passées, dans cette impasse à peine entrevue.

Et puis un jour, sans trop savoir pourquoi, je freine, j'hésite, me gare dans l'herbe rase qui n'attend rien. Dans l'habitacle je romps quelques secondes.

Je serai en retard mais qu'importe. Tu vaux bien que je prenne du temps, moi qui en dispose encore quand toi tu as l'éternité sans pouvoir rien en faire.

Alors je regarde vers le haut de la montée juste dévalée, j'y distingue une ruelle sans but, j'entame un demi-tour, et vers toi je retourne pour te parler un peu, quand bien même tu ne peux plus m'entendre.

3

EMBARQUÉ dans cette quête de l'avant de nous, j'ai longtemps cru notre première rencontre à l'école des sœurs, voisine de la mairie qui était presbytère jusqu'à ce que le curé aille semer ses prières je ne sais où, ailleurs quoi qu'il en soit.

Je tentais de retrouver si, pendant les trois années passées à apprendre une autre langue que la nôtre, celle maternelle qui venait de l'autre côté des frontières, si, donc, nous avions bien partagé les deux pièces au plafond haut constituant le rez-de-chaussée – les sœurs vivaient au-dessus, personne n'y montait.

J'ai cherché longuement, quelque chose gênait, caillou : fouillant je ne trouvais rien. Il faut convenir que tout cela est loin, mais de ce temps je garde tout de même quelques images précises, alors je pouvais bien me souvenir de toi.

Finalement, c'est une photographie au fond d'une armoire pleine de fouillis qui parle. C'est celle où nous apparaissons, les enfants du village, alignés dans nos vêtements datés, et que probablement nous gardons tous précieusement, je parle du cliché, en une forme d'héritage qui donne toujours de quoi rire. Les couleurs offrent des veillées entières.

En scrutant les visages dont la plupart n'ont pas changé si on excepte l'émergence de rides semées d'empâtements venant dramatiser la structure des traits, j'ai constaté que tu n'apparaissais pas dans la petite troupe, rangée pour l'occasion sur deux niveaux, dont la composition se calque avec les âges.

Les aînés sont en haut, en bas et calés sur leurs fratries en verticale viennent ceux qui suivent, un ordre presque parfait, à croire que les parents des différentes familles tenaient quelque pari de faire naître une progéniture dans des temps similaires, un programme organisé de naissances synchronisées.

Toi, tu n'es pas dans ces deux lignes de visages. Je ne sais quelle conclusion tirer. Je ne pense pas que tu as raté ce jour-là, celui de la photographie, puisque personne ne manquait l'évènement – il n'arrivait pas si souvent qu'on nous tire le portrait, nos mères nous apprêtaient, il s'agissait de faire impression pour notre futur. Le résultat, c'est que maintenant nous rions bien de nous. Ce n'est pas la moindre ironie.

Croisant le constat de ton invisibilité avec l'évidence que je n'ai nulle image mentale de toi entre ces murs, aucune, je suis quasiment certain que je tiens la preuve de ton absence tout au long des trois petites années passées auprès des deux bonnes sœurs, nos premières maîtresses, celles qui nous éduquaient dans ce qui était une maternelle pas encore obligatoire – nous n'avions pas atteint à nos six ans.

C'est le caractère *non imposé* qui explique. Par la suite, tu apparaîtras dans notre paysage, tu y seras puisque contraint, mais pas maintenant, pas dans cette *maternelle* où tu n'as peut-être même pas été inscrit, ou alors sans jamais y passer une journée, sans que personne vraiment ne s'interroge, ne vienne frapper voir où tu étais : on peut disparaître lorsque les gens ne sont pas habitués à vous.

Il se peut. Du hameau satellite qui était tien, lointain de l'autre plus proche, je parle de celui qu'on voit allongé le long du ventre du bourg, de ton hameau ainsi jusqu'au noyau central du village, c'est une trotte à pied. Le chemin les reliant était malaisé, de boue souvent, il n'existait pas encore cette petite bande goudronnée qu'on y mettra plusieurs dizaines d'années ensuite. Ce satellite, c'est un oubli ouvert, ses habitants en deviennent invisibles à force de se cacher ailleurs qu'au centre, ce qui est beaucoup dire, une église, sa place avec quelques maisons autour.

J'imagine. Le jour de la rentrée, la toute première pour toi, pour moi aussi à l'autre extrémité, il tombe de cette pluie grise, rideau, dont on devine qu'au sortir du hameau, quand plus rien ne protège, elle viendra latéralement en se moquant du pauvre parapluie qu'on traîne, qu'elle bouscule en tous les sens. On ouvre la porte, on scrute depuis le couloir noir le ciel, ces bourrasques médiocres, on se dit qu'on attendra le lendemain pour t'apporter chez les femmes à cornette, rien ne presse vraiment, cela fait trois années que tu restes dans les jupes, un jour de plus ne changera pas une destinée. Vous retournez dans votre mystère.

Le jour suivant, la pluie encore. La veille tu n'as pas bougé, cela n'a pas bousculé l'ordre du monde, tu n'avais pas l'air malheureux, pas plus que d'habitude, pas moins non plus, un bambin qui joue sagement avec ses trois cailloux, une poule, quelques morceaux de bois sur l'arrière de la cour qui plonge, c'est le terrain, vers ce pli gras où une autre maison se niche, on se demande pourquoi, quelle idée leur a pris de construire là, il ne viendrait à personne l'envie de passer mais ils l'ont fait, se sont même entêtés, le dernier habitant avait été un vieux célibataire PMU. Alors tu ne pars pas vers ton école en serrant fort la main qui aurait dû, et tu n'y iras plus, pas cette année, pas la suivante, pas la troisième.

Il est possible que les sœurs se soient inquiétées. Peut-être que l'une a frappé à votre porte un mercredi. Si oui, ce devait être la grande, celle qui sourit sur la photographie, celle qui emmenait le monde dans ce sourire quand l'autre, discrète, était son ombre, presque son envers.

Ta mère aura ouvert, quelques explications, elle aura écouté avec la plus grande attention, une feinte, la femme enfermée dans sa robe blanche, noire, aura promis ce qu'il fallait. Promettre, cela n'engage à rien. La sœur rassurée dans ses voiles, rien ne changera et peu à peu, le monde oubliera. Tout le monde t'oubliera.

Peut-être pas le maire, pas de suite, qui prenant très à cœur sa mission, son père l'avait été avant, doit être venu aussi frapper à cette porte que je n'ai jamais passée, ni même vue autrement que close.

Pour lui, le maire, personne n'a ouvert. À l'intérieur, tous se sont figés parce qu'on l'avait vu apparaître derrière les rideaux sales qui étaient rendus à cette forme de mousse qu'on voit tomber des arbres dans le vieux Sud de ces États là-bas, de l'autre côté des eaux, si loin que ça aurait pu être pour toi une invention.

Pour ce genre de visites, maire ou gendarmes, assistante sociale, tout individu inconnu de ceux de la maisonnée, la stratégie était de se figer assez pour que l'inopportun se lasse d'attendre, s'en aille après une ultime tentative de l'index. Comme à chaque fois, ça avait fonctionné, le maire t'avait oublié aussi, il avait tant à faire avec les vaches enfuies, cette histoire de verger que des familles se déchiraient.

4

PARTANT, le vrai point de départ de l'histoire entre nous a eu lieu là-haut, dans la longue bâtisse basse dépliant sa cour de bitume comme il se doit, à l'exception du marronnier qu'il y a eu, les vieux le disent, je ne l'ai pas vu, je les crois. Cette cour d'ailleurs, elle demeure identique à ce que j'ai connu, toi aussi, même si l'école n'est plus.

De fait, elle a été fermée quelques années après notre passage, un regroupement. C'était cette époque, on commençait à parler de rationaliser ce saupoudrage d'établissements dans des villages où la natalité ne suffisait plus à remplir les classes. Dans le même temps, il devenait inconvenant de regrouper dans une unique salle des enfants d'âges divers, glanant ce que le maître ou la maîtresse apprenait aux plus vieux. À la suite, les enfants – nous – se sont retrouvés à passer d'un lieu l'autre, matin et soir, dans des autobus sillonnant les bans sur des routes juste suffisantes pour leurs gros culs.

Je m'en souviens un peu, de ces départementales, du bus, de la poussière en rage lorsque les roues mordaient les à-côtés, camion en face, on se frôlait. Tu étais là aussi, parfois, rarement, assis, regard sur les collines. Tu ne bougeais pas, ne parlais pas cependant que nous autres étions piaillants. Tu regardais je ne sais quoi, la liberté s'il se trouve.

Dans ces bouleversements, l'autre école, celle des sœurs jadis remerciées, a survécu comme telle, devenant le lieu qu'elle est toujours où les plus petits sont livrés chaque jour, colis sur pattes peinant à descendre les hautes marches de l'autobus.

Dans le même temps, notre école, celle de notre rencontre, après avoir été fermée en vertu de cette logique rationnelle qui ne l'est que pour ceux qui en décident, est restée longtemps abandonnée, son jus, nous laissant voir ses petites chaises sages, ses armoires closes sur leurs merveilles rêvées, les salles visibles de l'extérieur de la bâtisse si on se perchait d'un seul orteil sur l'appui que fait le bas bout du mur quand il se pince à la façade et se révèle marche-pied.

Ensuite le vide, plusieurs années, j'ai vu cela : un parquet sur lequel il n'y avait rien que les reflets teintés par le soleil, les bruits des pas de ceux qui visitaient dont moi, je ne sais plus en quelle occasion, se remémorant ce qu'ils pouvaient : tous étaient passés là à un moment, chacun le sien, et racontait, un tourbillon, plusieurs âges, voix, rires, comme s'il avait fallu que les meubles disparaissent pour que remonte une marée que nous regardions déferler en faisant largement grincer le sol.

Puis sont venus quelques travaux, on distinguait, au travers des fenêtres illuminées, les ouvriers très tard. Soudain, le maire a coupé un ruban de trois couleurs, toujours les mêmes, le maire et le ruban, pour ce dernier sorti d'un gros rouleau dans la réserve, on en tirait le mètre nécessaire, et les ciseaux.

Après, l'école était devenue une salle communale carrelée, immense, les murs du dedans, ceux qui tenaient les salles de classe auparavant, avaient été tombés par de lourdes masses dont les coups de boutoir allaient même décrocher les lampes, robustes boules opalescentes dont une ou deux avaient chu sans prévenir, se fracassant non loin des ouvriers, nuls casques, des espadrilles, vin rouge le midi, une autre époque.

Depuis, ceux, celles qui ont appris ici leurs premiers mots écrits sur de minuscules pupitres vident leurs derniers verres chantants. Sur de longues tablées, ils ont des repas gargantuesques, je ne sais comment on peut manger autant sans en mourir d'apoplexie. Entre eux, tous ces convives, il y a les morts qu'on devine comme silence, qui s'invitent à la table.

Quand je les vois ainsi, je parle des vivants, puisque parfois j'en suis, je me demande toujours qui se souvient qu'ici, avant, nous étions tous des enfants. Qui se souvient aussi avec moi qu'il y avait ce tableau, que ça sentait l'encre versée dans les coupelles de porcelaine très blanches coincées dans le trou rond les accueillant, des nids.

Au milieu de l'immense bruit, je croise mes couverts, regarde les visages, j'y cherche l'enfance alors qu'il n'y a plus de tableau, plus d'encre non plus, pas plus de maîtresse rousse morte vive en cognant dans un arbre avec une voiture folle, elle ne tenait pas le volant.

Cet accident, c'est une borne posée, un lundi de Pâques, ce devait être après que nous avons été voisins ou du moins dans la même classe, et toi, et moi, pendant la Communale, un souvenir vague, cette brume.

Lorsque je fouille dans ce qu'il me reste de la salle de classe, tu étais dans le rang derrière le mien, tu ne parlais toujours pas, jamais, je crois bien que tu es le premier taiseux que j'ai croisé. Moi, qui suis bavard tellement que je m'en saoule, finis par ne plus ouvrir la bouche pendant des jours, cela me laissait ébahi de te voir aussi silencieux qu'une souche d'arbre. Un rocher de tranquillité derrière son pupitre.

Tellement qu'il m'arrivait, les premiers mois dans cette école primaire, de me tourner pour voir si tu étais toujours auréolé de ton mystère. Quand tu l'étais, monolithique, le regard droit sur la fenêtre si haute que je me demandais qui les lavait, un jour ce serait ma mère, j'étais rassuré sans bien saisir pourquoi.

Une fois, me remarquant, tu as eu cette grimace qui t'emportait tout le visage, un tourbillon, j'en ai souri longtemps, la maîtresse alors vivante m'a demandé ce qui m'apportait cette joie. Surpris, j'ai inventé une histoire sans queue ni tête, elle s'en est contentée. Je sais mentir de belle manière, à presque y croire moi-même.

Tu ne le sauras pas, mais retrouver quelque chose dans ce fatras flou qui ne cesse d'augmenter à mesure qu'on avance est une tâche impossible. Je tente ma chance malgré cette difficulté, puisque c'est seulement à ça que servent les mots, ceux qui les écrivent, parler des morts, les faire vivre, et tous les morts, particulièrement ceux dont personne ne parle plus, afin qu'au moins quelqu'un crée la trace qu'ils n'ont pas même pas tentée.

Dans cette perspective, je fais ce que je peux. Je gratte cette terre noire, j'exhume, des petits tas de sable que l'eau des ruisseaux grosse des pluies mangera sans doute aucun. J'essaie, tu vois, j'essaie, tu en valais la peine.

Ce travail qui ne sert qu'à ça, aux morts, il est bêcher, il remue ce qu'on ne voyait plus, il dérange de longs sommeils, fait au passage émerger d'autres souvenirs, une racine qu'on tire dont on pensait qu'elle n'était rien, son filament se découvre à mesure, révèle. Des visages, des figures, quelqu'un, une vieille dame qui m'avait dit que j'étais un fils du soleil, ainsi que tous ceux nés ce mois des premiers pas, des premières fleurs, de tout ce qui se peut.

Si je parle d'avril, c'est qu'il m'est revenu, tu passes dans ma mémoire, que tu étais également fils du soleil – tes dates de naissance, de mort, affirment que nous étions de même année, même mois. Une question.

Se demander pourquoi, comment, deux personnes nées en même temps et au même endroit, amies, voient leurs trajectoires diverger tellement qu'elles finissent par être inconnues.

5

MON défrichement m'amène à la suivante des écoles, celle dans le village précédé de chapelets de bosses : notre tour d'autobus était venu, toujours une conséquence du regroupement qui avait transformé en pugilats les conseils municipaux.

Les nerfs s'y chauffaient. Des doigts, poings serrés en enclumes, pointaient vers les plafonds. Sous les bérets que quelques-uns portaient à l'intérieur, la sueur, rage humide, perlait. Il se raconte même que d'aucuns en vinrent aux mains, je ne sais pas de qui on parle mais je peux deviner.

C'est étonnant qu'ils en soient arrivés à se saisir au col. D'habitude, ces extrémités n'étaient atteintes que pour des histoires de terres, de femmes, des choses sérieuses que ne sont pas des chamboulements d'enfants, êtres de peu de valeur sinon celle de leurs bras encore à venir, un investissement risqué.

Quoi qu'il en soit, plusieurs bourgades se partagèrent leurs écoles, et donc leurs progénitures. Puisqu'on décidait pour nous, nous avons effectué une première rentrée dans le quasi-hameau où nul n'allait : il n'y avait rien à y voir, la route qui le traversait menait au creux de l'horizon, personne ne s'y savait le moindre lien familial ou amical. C'était au-delà de tout repère une terre inconnue, un autre continent à moins d'une dizaine de kilomètres.

Je m'en souviens. L'école, la cour coincée à rebours de l'église petite, les murs ventrus au surplomb de la route, un calvaire dans son coin avec sa Vierge jetant ses mains vers un grand vain, quelques marronniers, cette fois, ils étaient là. Je sais qu'en dessous, nous nous étions posés pour la photographie sempiternelle avec l'instituteur et sa guitare si nous étions sages.

Je me souviens, aussi, de cet hiver si froid que des étourneaux tombaient des hautes branches, fruits mûrs : au sol incapables et gelés, nous les glanions pour les chauffer, réanimer, ressusciter dans la salle aux plafonds tête basculée qui t'accueillait, même si je n'en ai pas la certitude – il faudrait que je revienne au cliché perdu dans quelque armoire, ou aux registres de présence s'ils existent toujours, ce dont je doute, voire que j'aille interroger le maître qui doit savoir, ils savent tout puisqu'ils sont maîtres.

Je me souviens que là, apprenant, écoutant, n'écoutant pas, j'avais croisé quelque autre né les mêmes jour mois an que moi, presque mon double cette fois, quasi jumeau. Pour lui, je sais toujours son nom, prénom, tout autant sa maison collée à l'église au côté opposé. Du fait de la proximité, son paradoxe, il arrivait largement en retard, et chaque jour nous nous moquions. Son visage riant aux cheveux noirs à croire qu'ils étaient teints, je l'ai bien plus que le tien.

Je me souviens encore d'un autre des camarades que je retrouverais au collège, même classe, et lui avait neuf frères, chose impensable, une tradition que les générations précédentes avaient pourtant en habitude, de faire grande famille, nombre d'enfants, chair à canon, les deux guerres à peine refermées avaient donné le pli, il fallait ça quand ça tonnait dès l'aube, on ne voyait pas trop pourquoi le décompte des morts tombés au champ d'honneur s'arrêterait, peut-être que ces dix-là étaient un semblant de réponse.

Puis aussi de ce jour-là, tu l'as peut-être vu, je ne pense pas, où deux cousines, une brune, une blonde, les plus belles filles, courant chacune dans son sens, avaient passé en même temps le coin pour se heurter pleine vitesse. Le choc avait produit ce bruit dur mat, j'ai entendu, les os quand ils se cognent à plus résistant qu'eux et là, c'était le crâne de l'autre, cette boule dure cachée, un secret rond. La chair fendue des deux côtés, au-dessus de l'arcade sourcilière, à l'arrondi, les gamines saignaient beaucoup, beaucoup.

Ça avait fait toute une histoire, les cris, les pleurs, la peur, le sang, ce qu'on distinguait de très blanc dans le fond des plaies, mystère. Les parents alertés, les filles étaient parties un torchon sanguinolent sur la tête, nous en avions tremblé. Le lendemain, elles revenaient, recousues et lavées, fières d'être au centre. Souvent, je me demande si les cicatrices se distinguent sur leurs peaux qui se relâchent tout autant que la mienne.

Mais ce n'est pas mon sujet. Mon sujet, c'est toi, toi dont je ne distingue pas la chevelure ébouriffée au milieu des têtes occupées à faire des exercices, ligner, conjuguer, compter avec des doigts toujours insuffisants.

Ce qu'ils, ce qu'elles sont devenues, je le découvre parfois. Pour la plupart je ne peux rien dire, les routes séparent même si la vallée vous retient, le résultat est le même. Toi, par contre, je sais parfaitement où tu te trouves.

J'ai cru te reconnaître dans ma mémoire quand j'ai parlé d'*ébouriffé*. Un visage m'est revenu, un poisson qui remonte de l'eau boueuse, une masse de cheveux qu'on distinguait dans les alignements studieux, l'unique grande salle aux étourneaux réveillés puis volants.

Je la voyais rêvant, l'exercice terminé, levée aussi, la tête dessous comme la mienne, mais elle était perdue, n'avait souvent rien saisi du résultat attendu par le maître. Le gars, massif, avait deux années de retard au moins sur l'âge, le nôtre, ce qui n'empêche pas l'amitié.

Je n'ai plus trace d'un nom, et d'un prénom, pas plus. Seulement d'une tignasse. Et l'image d'un pull empli de trous dont il riait, affirmant qu'il nourrissait les petites bêtes de laine. Je le croyais à moitié.

À part cela, aucun indice s'il me prenait d'aller le retrouver, s'il est encore. Il pourrait bien, toujours, dans l'une des maisons vieillottes jetées au bord de la grande rue du tout petit patelin où l'autobus l'abandonnait chaque soir, ce hameau à peine collé à l'un des bords du bourg où nous irions ensuite faire notre collège.

Je verrai bien si je m'arrête un jour, si à ces portes je sonne, prendre des nouvelles, chercher, une quête sans but ni espoir. J'ignore ce que je peux espérer quand presque quarante années ont tout broyé.

Pour l'heure, c'est à ta poursuite que je repars. Je ne trouve rien, sur tous les bancs de nos écoles, depuis nos trois premières années jusqu'à en avoir empilé une de plus que la dizaine, l'âge où il s'agissait de passer des petites classes vers le collège.

Je rentre bredouille. Toute cette absence, une presque décennie, c'est toi, une ombre, un creux. De rares brandons qui éclairent puis s'éteignent. Tout cela, ce halo de mystère, c'est toi, un quasi-fantôme, déjà.

6

À BRASSER ce brouet, je ne retrouve toujours pas trace de toi après ces écoles communales. Tu es pourtant au collège minuscule. Forcément. Les choses sont ainsi faites que nos vies sont tuyaux, on nous y emprisonne à nos corps défendant.

De celui-là, on ne sort pas avant d'atteindre ses seize ans révolus, on ne prend pas facilement la fuite malgré les allées buissonnières toutes proches — on devinait leurs débouchés derrière les bâtiments entre lesquels nous tournions tous, petites bêtes en cage, un zoo enclos par ces constructions à la peau pelant grise pareille à celle de vieux éléphants qui nous auraient avalés chaque matin, recrachés à peine changés le soir.

Tu es inévitablement présent, au moins sur les registres, mais je ne te distingue pas dans le décor de ce passé troué, bouffé aux mites dans tous les coins. Je ne te reconnais pas dans la masse indistincte que forment les personnages à l'arrière-plan de mon petit monde d'alors, et c'est cela que tu demeures, une forme floue à l'arrière-plan.

Je ne peux plus te poser la question, tu ne pourras pas me répondre, mais je me demande quand même, si les places venaient à être inversées, si une autre histoire s'était écrite, saurais-tu me dire où je suis dans le décor qui était le tien alors ? Te souvenais-tu de moi après, là-bas, dans ta cuisine, jusqu'à n'avoir plus de pensée ? Si moi, je t'avais oublié, te souvenais-tu de m'avoir entrevu dans la journée trente ans plus tôt ?

Durant les quatre années que durera le collège, nous ne serons pas amenés à partager la même classe. En ce qui te concernait, je sais que tu suivais celles regroupées à part dans un bâtiment dédié, où nous n'allions jamais, n'errions pas, sauf très rares exceptions. On y accueillait les cohortes dont j'ai oublié avec quel acronyme compliqué on les étiquetait, nous nous moquions avec cette cruauté de ceux qui ne savent rien, pensent être tout et valoir plus.

J'ai traîné une seule fois dans ces couloirs, cherchant un enseignant un jour où, comme je somnolais dans l'étude tenue d'un œil, un surveillant débordé, une grève, m'avait envoyé y chercher une feuille d'appel. Je revois la porte d'aluminium et de verre, le sol qui venait d'être refait à neuf puait le plastique impeccable. Quant aux lieux, espaces, je n'en ai même pas une idée.

Je sais avoir frappé à une porte après avoir erré. Derrière, une voix de bois tenait sa troupe. Quand l'enseignant a ouvert, j'ai reconnu celui que nous trouvions tous sympathique, cette casquette de poulbot traînant sa gouaille semblait connaître tout le monde, n'avoir aucune limite dans l'énergie offerte à ses élèves, qu'il félicite ou bien engueule. Il souriait, m'a remis cette feuille que j'ai failli perdre sur le chemin retour. Dans son dos, il y avait une poignée d'élèves, et dans le fond des appareils dont je ne savais rien. En ressortant, j'avais cette sensation de terres étrangères, les tiennes.

Où tu vivais, enfin, lorsque tu te présentais. Quelques échanges que nous aurions des années écoulées me feraient comprendre que tu n'y avais été qu'un passager clandestin se présentant de temps à autre sans trop savoir pourquoi, peut-être juste pour pointer afin de suspendre certaines procédures engagées, montrer que tu jouais le jeu. Ces jours-là, je devine que tu ne comprenais pas vraiment ce qui était attendu, ce que tu pouvais tirer de ces trop longues heures perdues à t'user les fesses sur les chaises dures multicolores, des lots livrés par camions entiers dans un effort vain d'égayer des salles tristes, et sur lesquelles on nous maintenait, galériens alignés.

Tu as probablement guetté tes seize ans, cet horizon dont nous rêvions tous, toi plus que nous qui prétendions que nous cesserions sitôt cet âge atteint, sans en penser un mot. Tu l'as fait. Tout arrêter. Ne plus se lever, ne plus prendre l'autobus, ne plus s'asseoir en cours. Ne plus aller occuper tes mains dans ces ateliers faits de bric, de broc, où somnolaient quelques machines-outils qu'on entrevoyait par les larges baies vitrées lorsque, saisis d'une humeur vagabonde, on traînait dans la petite cour jouxtant la grande sans remarquer, naïveté, que là on vous parquait.

Je suis certain que tu avais déjà plus ou moins déserté les lieux bien avant qu'arrive cet anniversaire, la libération officielle. Comme pour les années auparavant, j'imagine que les choses se sont produites ainsi qu'avec les deux bonnes sœurs, un lent glissement vers une absence continue. Un effacement discret, si progressif qu'il en devient indiscernable, même au cœur des rouages du collège, où toute une machinerie s'assure que chaque élève est bien présent.

Je connais cette mécanique. J'en ai été, participant aux engrenages qui tiennent l'inventaire des têtes. S'assurent que chacun occupe sa place, se présente le matin, retourne chez lui le soir. Traquent ceux qui décident de ne pas participer à ce simulacre au moment où le monde vous fait miroiter le champ des libertés.

Ayant été un des acteurs, je sais qu'il y a du jeu. Que la routine bien huilée ne parvient pas à répondre à ceux qui se glissent entre les interstices, opposent à l'appareil cette résistance, une apathie, qui fait que ses acteurs ne savent plus très bien ce qu'il faut faire pour ramener les résistants. Les effacés. Les disparus dont la seule trace s'avère une chaise vide.

Pour toi, il n'y a pas eu la première salve d'appels téléphoniques par laquelle la machine s'ébrouait, il n'y avait pas de ligne arrivant chez vous, bien que le téléphone ait commencé d'envahir les maisons, tirant partout derrière lui ce fil dont il dépendait quand, seulement quelques années auparavant, il fallait encore, pour appeler ou être appelé, se rendre dans l'une des rares équipées, où l'on ouvrait sa porte à tous pour qu'ils puissent toucher de leurs doigts la bakélite tenant lieu de visage au progrès.

Comme on ne pouvait pas joindre ta mère, il y a eu plusieurs mois de flottement. Ces machines de contrôle ont bien des difficultés à sortir des voies balisées. L'inattendu les désarçonne, les laisse sans réaction, à tâtonner pour s'adapter et reprendre leurs tâches, toutes les petites routines qui les font tenir debout. Pendant ce temps, je t'imagine chez toi, oubliant tout, l'école, ce que tu aurais dû apprendre, avais appris. Si loin, si près, ailleurs.

Puis la machine a réussi à prendre son élan, des courriers tamponnés plus qu'il ne le fallait ont été expédiés dans toutes les directions, vers les administrations, les services missionnés, les agents dont le métier était de traque. Il s'agissait de ramener à la raison les récalcitrants ou, au moins, dans le rang, entendre celui des salles où nous ne soupçonnions pas une seconde ce qui s'actionnait derrière les murs pour n'y être jamais conviés.

Tout cela a déclenché d'autres rouages, mis sur ta piste des assistantes sociales, châles colorés, dont l'une ou l'autre est venue sonner. La première fois, comme d'habitude, vous n'avez pas bougé, restant suffisamment immobiles pour qu'elle s'en aille.

Elle est revenue, encore et puis encore, jouant divers moments de la journée pour apparaître au bout de la rue, s'enfoncer dans l'impasse, se garer, venir maintenir son index sur le bouton, l'acide sonnerie jusqu'à ce que vous décidiez de débrancher l'engin.

Cette bonne idée n'arrêta pas la dame rompue à toutes les ruses, deux décennies d'expérience dans son sac. Elle se contenta de frapper au carreau enchâssé son doigt replié autant que tenace. Elle savait d'expérience que quelqu'un céderait. Quelqu'un cédait toujours. Dans le couloir, on entendrait une voix hurler « j'arrive », quelqu'un farfouillerait pour finalement tourner la clef, la porte s'entrouvrirait, la dame finirait par entrer.

Dans ce sac de cuir fauve, souple, lourd, elle transportait la *Loi*, la règle, tout le poids qu'il fallait, la liste des menaces, celles de couper les allocations, ce peu d'argent nécessaire à défaut d'être gros. C'était toujours la même histoire.

Le lendemain, tu reviendrais au collège et puis très vite, tu disparaîtrais une nouvelle fois. Toujours la même histoire, je le disais. Un rituel. Cette manière de ne pas être là, de te glisser entre les lignes, les failles d'un monde parfaitement huilé où le reste de nous vivait sans trop de questions.

7

BIEN que nos mondes soient devenus lentement étanches l'un l'autre, il arrivait qu'on se rejoigne le mercredi, l'après-midi, quand nous ne savions plus quoi faire de nos peaux. C'était, si la météo nous était clémente, le moment d'aller jouer dans l'assiette de glaise de la vallée.

La télé finissait par nous lasser avec ses programmes vaguement identiques, toujours hypnotiques, cette langueur qu'ils apportaient. Je ne sais si chez toi un écran braillant toute la journée s'agitait. J'en doute. Tu ne ratais rien. Nous, vautrés depuis l'aube dans ces images vides qui deviendraient de plus en plus bruyantes, on ressentait une nausée, assez pour décider de fuir.

Il y avait quelques copains, les mêmes qu'aujourd'hui dans cette permanence de l'amitié dont je tire une certaine fierté. Puis seulement tu arrivais, flanqué, ton ombre, du seul autre enfant du hameau, même âge que nous ou presque, cela se mesurait à une ou deux années en moins ne comptant pas, puisque nous avions passé nos premières sur les mêmes bancs. C'était aussi, hasard des vies, ton voisin mitoyen.

Lui, l'autre unique, était énorme. On ne savait pas *obèse*, on disait *gros*, ça passait comme ça. C'était de sa famille, des corps distendus, une probable histoire de gènes, de mauvaise nourriture aussi peut-être, de bricoles qui traînent dans les placards que l'on vide pour s'emplir un peu d'abord, puis trop. Va savoir. Personne n'interrogeait les formes de nos corps. On les classait, des maigres, des gros. Entre les deux, il n'y avait rien. Tout le monde au final mangeait à la même table. Les gringalets n'étaient pas ceux qui dévoraient le moins.

Le *Gros*, il est mort aussi, une paire d'années avant que tu y passes à ton tour. Cela ne m'a pas étonné. Ce poids qu'il portait, je sentais déjà quand nous étions enfants qu'il l'userait à force de lui peser. S'il se trouve, la mort prématurée de son père, écrasé un matin par la machine qu'il pilotait, les freins lâchant ou mal serrés par le conducteur, celui qui allait en mourir, le camion chargé l'avait coincé broyé tout contre un mur ; s'il se trouve, donc, cette mort n'a pas aidé son fils à se rassasier de vie à défaut de tartines en nombre trop élevé.

Vous faisiez un étrange appareil, le maigre ébouriffé, l'énorme tout suant écrasant d'une masse sa bicyclette dont les pneus finissaient invariablement à plat, quels que soient les efforts qu'il pouvait mettre à les gonfler. Cet engin, de son propre aveu récupéré rouillant sur un tas de débris au fond d'une grange, de celles où nous ne manquions jamais d'aller traîner, c'était son seul moyen de locomotion : le gaillard présentait une totale aversion pour la marche, quand il s'agissait seulement de parcourir les quelques centaines de mètres, un ou deux kilomètres au plus, séparant le hameau du village.

Sa mère disposait ainsi d'un moyen simple de tenir son fils, il suffisait de mettre le vélo sous clef pour que l'enfant reste enfermé. Tu en riais à chaque fois que tu débarquais seul. Nous ricanions aussi, autant de l'idée que notre copain se morfondait chez lui, tentant de trouver comment forcer le cadenas que sa mère avait posé sur la triste cabane où l'engin pourrissait inexorablement, que de la manière dont tu annonçais invariablement la punition de ton alter ego, « le Gros est mis sous clef » ou quelque chose comme ça, dans ce patois que nous avions tout juste en langue, maintenant perdue pour moi – toi tu ne parles plus de toute manière.

Au vrai, la phrase que tu prononçais dans ce parler mort sauf pour quelques vieillards, un ou deux chercheurs peut-être, est totalement intraduisible. Du moins, je n'y arrive pas, je ne parviens pas à en déplier les nuances pour les apporter dans ma langue quotidienne. Il manque des mots pour faire le pont. Des sens.

Reste qu'on comprenait tous, qu'on se marrait comme des baleines, tu la grommelais. Tu souriais.

Le Gros n'était pas là. Cela ne nous dérangeait guère. Les absents ont toujours tort. Tu as tort pour toujours.

L'après-midi, il ne se passait rien hors d'habitudes. On roulait dans les champs, sentiers, les sous-bois s'il s'en présentait, si on pouvait forcer leur première ligne, des ronces protégeant leur humus, jeunes arbres, buissons, grumes tombées, écorces entaillées d'amours éternelles et éternellement déçues, fatras presque innommable, des barbares que nous devenions, entrant là-dedans hurlant en y laissant régulièrement des morceaux de nos chemises.

On se battait pour de faux. On courait aux étangs jeter des pierres énormes, des branches mortes dans l'espoir d'assommer quelque imprudent qu'on aurait vu remonter étourdi, ce qui n'est pas arrivé une seule fois : notre chahut, éléphants fonçant au cœur d'une jungle, faisait évidemment fuir tout animal sur terre comme sous l'eau. Peu importait.

Si quelqu'un dégottait une ou deux piécettes dans sa poche, c'était à l'épicerie, plein milieu de la rue unique, une bouteille de limonade partagée avant de la roter copieusement. Tu n'avais jamais rien dans les fonds de tes poches. Tu n'as jamais participé au pot commun. Personne ne s'en préoccupait. Aucun de nous n'a même pensé la moindre remarque là-dessus. On ne comptait pas.

Ce qui comptait, c'était nos rots, la rigolade, les pets qu'on balançait, écho, dans le défi, prouver par l'expérience que l'être humain est un tube ambulant. Tu étais fort à ce sport-là. Nous aurions pu nous étouffer de rire.

Il y avait aussi cela, parler de la voix la plus grave qu'on puisse trouver dans le tréfonds de nos gorges. On fouillait la rocaille de notre récente pomme d'Adam, on poussait fort. De cette gymnastique, une histoire d'air, sortaient des sons montés droit des enfers, qui nous auraient foutu la trouille si on les avait entendus ailleurs qu'en plein jour. Évidemment, ça n'avait aucun sens. C'était le drôle de l'absurde.

Parfois, le Gros nous rejoignait. On l'entendait criant du plus loin qu'il venait pour qu'on l'attende, son bras libre en drapeau sur son cheval de fer rongé finalement récupéré. On attendait. Lorsqu'il n'était plus qu'à cinquante mètres, on se barrait, voleurs de poules, juste le sadisme de le faire enrager. Forçant sur les pédales, il maudissait son souffle trop court. Il en avait encore, à cette époque.

Ces jours-là, tu rayonnais, cette lumière qu'ont ceux qui passent tout le reste de la semaine dans une grande solitude. C'était certainement, ces moments-là, les rares où tu étais pareil à tous les garçons de ton âge, un type jouant avec ses copains dans une campagne d'une banalité totale.

Le soir, on se quittait sales plus que des cochons d'avoir traîné dans tous les coins du ban, dans les soues et les mares, les étables perdues abandonnées par leurs habitants disparus, mangés, crevés, noyés, lieux inquiétants où on entrait discrètement par leurs portes dégondées, l'obstination de la pluie et du vent. Ta silhouette, celle du Gros qui s'éloignaient, c'était une cerise sur le gâteau du jour.

J'espère que plus tard, longtemps, durant les quelques années dont tu as disposé encore, tu as de temps à autre repensé à ces moments-là cependant qu'assis à la table de cette cuisine où tu veillais à l'appui des ténèbres, des ombres passaient dont je n'ai pas idée de ce qu'elles étaient. Pas plus, des fantômes qui te tenaient compagnie.

8

ENSUITE le flou s'étend, linceul gris. La classe de troisième avalée, nous sommes sortis du collège avec ce soulagement qu'éprouvent des prisonniers quittant leur geôle.

Tu n'y venais plus. Les rouages de la machine avaient baissé les bras devant tes absences empilées, suffisamment pour en monter un mur. Ailleurs, on ne savait où, tu profitais de ce que nos seize ans venaient à grands pas. Au football, que je n'aime pas plus que les autres sports, on appelle ça *jouer la montre*. Tu étais à toi seul l'horloge de Big Ben. Un spécialiste.

Je me souviens du dernier jour, de la dernière fois, des grilles franchies, du sentiment de tomber dans un vide dont on devinait, au moment de sauter, qu'il signait la fin d'un temps, le nôtre. On verrait bien. Il fallait avancer. Derrière, les autres, les *petites* classes où nous étions encore tout récemment, poussaient pour prendre leur tour.

Je me souviens que nous, ultimes présents, sommes montés dans l'autocar garé le long du trottoir vague. Comme nous étions rares, depuis les places des caïds du fond enfin disparus, nous occupions conquérants mais sans risque les sièges froids. Assis sur le skaï, je regardais cette enfilade, puis tout là-bas notre chauffeur qui, au long de ces années de routine, n'avait été qu'un dos indifférent à nos âneries, c'était sa route qu'il poursuivait.

Je n'ai pas idée de ce qu'il avait de visage, ni de son âge, s'il était dans les *gros* ou bien les *maigres*, s'il souriait ou emportait chaque jour dans sa sacoche une triste figure, lassé de trimballer ces hordes hurlantes sur les mêmes virages, toujours les mêmes.

Je ne sais pas ce qu'il faisait entre ces bornes, le matin et le soir, comment il remplissait la journée, s'il s'occupait d'autres tournées, celles qui permettent de rejoindre les gros bourgs, y faire ses achats exceptionnels, une robe, consulter un médecin, parfois, y retrouver un amant invisible qui vous rendra pantelante à vous le soir.

S'il n'y avait que nous, je me demande de quelle manière il épelait ce paquet d'heures entre nos allers puis nos retours, s'il jardinait, mijotait, lisait son journal, écoutait la radio, regardait la télévision, traînait au café avec ses amis, jouait avec ses enfants, ses petits-enfants encore trop jeunes pour être gâchés par l'école. Cet homme que j'ai croisé quotidiennement durant quatre fois deux cents jours a fondu dans la fosse à bitume comme tous les autres, comme nous aussi, bientôt, déjà.

De cette dernière journée, ce tout dernier voyage de collégien, je ne garde aucun visage. Ma seule certitude est celle de ton absence. Et pareillement, de ne pas t'avoir croisé cet été-là.

Moi, j'avais commencé à me frotter aux jobs estivaux, je peignais des façades, puant le white-spirit qui m'embrumait l'esprit quand j'oubliais de respirer ailleurs qu'au-dessus des bidons.

Toi, je me demande comment tu as rempli ce juillet et cet août qui n'étaient à tes yeux que deux mois sans aspérité particulière, exception faite du chaud, deux mois de plus dans une vie linéaire, sans temps, sans scansion.

Je sais que tu ne pensais pas aux années lycée qui suivraient. Tu avais échappé à l'école, ce n'était pas pour aller frapper aux portes d'un nouveau pénitencier, éloigné du village.

C'est là, s'il faut tenter de poser des repères, que la grande barrière a commencé à monter entre toi, moi, que chacun de son côté, nous avons cessé de distinguer l'autre devenu un informe et puis plus rien, même plus un visage.

À compter de ces deux mois, nos vies ont bifurqué sans retour possible, et quand je dis *nos* vies, c'est la tienne et la mienne tout autant que la tienne par rapport à celles de ceux, celles qui ont fait comme moi, ont poursuivi pendant que tu disparaissais, littéralement.

Tu n'auras jamais eu la moindre perception de ce qu'étaient ces lieux-là. Tu n'en auras pas connu les murs, les couloirs, ni cette subtile évolution de mentalité à mesure qu'on avance dans les classes menant vers le bac, changement qui doit être l'une des premières marques ténues de la sagesse. Je ne sais comment t'expliquer ça, qui émane d'un respect de l'autre, de l'absence de moqueries s'il diffère de vous, qui étaient le contraire exact de ce que j'avais vu au collège, et toi de manière certaine, ressenti directement : je ne suis pas naïf au point de croire que la distance dans laquelle tu te trouvais n'était pas parfois douloureuse.

Quand j'y pense, passer quelques années en ces nouveaux murs aurait pu t'offrir une autre vision du monde, te réconcilier peut-être avec lui, nous. Te donner envie de reprendre cette place que tu n'as jamais semblé trouver, vouloir trouver, pouvoir. Et je n'ai pas pu t'en parler, pas pu te raconter, être un passeur, de ceux qu'on peut croiser dans nos vies, qui nous accompagnent, souvent sans même s'en rendre compte, vers des chemins auxquels on ne pensait pas, qu'on n'osait pas. À cette période exactement, tu t'es effacé de ma vie.

D'un seul geste, cette bifurcation nous a jetés chacun sur sa voie, sans croisements. Je n'étais au village que les fins de semaine. Il n'y avait plus de mercredi. Il n'y avait plus d'errances dans les recoins du ban, plus de bagarres, plus de folies à vélo, plus de pantalons maculés, plus d'heures étirées sur des grumes à attendre une fortune qui n'arrivait jamais, elle n'emprunte pas les chemins sous les arbres.

À la place, nous, sans toi l'invisible, on parlait de mobylettes, de permis, du mur du diplôme, de la meilleure manière d'atteindre le samedi soir tel ou tel bar de la petite ville voisine. On parlait de filles, d'amourettes, plutôt d'histoires de cul qui étaient fiction ou réalité enjolivée, largement, mais il fallait en passer par là, l'invention, afin de ne pas avoir l'air trop idiot comparé aux copains qui, en miroir, mentaient allégrement.

Toi, moi, le Gros, n'existions plus. Je ne sais les journées que tu passais. Pour ma part, je m'ennuyais dans des salles longues autant que grises d'où je regardais la campagne alentour, ce bois accroché à la pente, la brume qu'il crachait un jour sur deux. S'il se trouve, tu dépensais tes heures de la même manière. S'il se trouve, la seule différence tenait à la pièce où nous étions à l'ennui : il n'y a pas de différence quand on considère les arbres.

Le mercredi après-midi, internes, on pouvait sortir, traîner, s'asseoir dans les arrière-salles, y boire plus que nécessaire, rentrer parfois ivre mort, s'endormir dans l'étude du soir durant laquelle le pion, lui-même parfois imbibé quoique plus discret, nous laissait cuver tranquillement, ne pas ronfler, ne pas vomir – c'était la moindre des politesses.

De ton côté, j'imagine que tu avais aussi commencé à tâter des alcools. À cet âge, c'était obligation, et plus encore dans la culture, le milieu. Tous avalaient des rites, des habitudes, juste de quoi passer ce jour puis le suivant, montrer qu'on était devenu un homme debout même saoul, avec toutes ses facultés. Évidemment, ce n'était qu'une triste illusion dans laquelle nous étions, pathétiques.

On se mettait minables aux fêtes ici ou là, à croire que nous n'avions que ça. L'alcool et ses défis insensés nous rapprochaient dans de brefs moments, plus de barrières entre les humains quels qu'ils soient, de partout sur la terre.

On oubliait, bêtes, que cela ne concernait que les présents. Les autres dehors, dont toi, vous n'étiez rien dans notre petite bulle dans laquelle on finissait par rendre gorge avant de s'effondrer. À je ne sais quoi, je crains que tu aies fait de même, chez toi, mais seul. Toujours seul.

9

J'EXAGÈRE ta solitude à cette époque où il y a encore, nébuleuses figures, ta famille. Tu n'es pas né de rien, tu n'as pas toujours été isolé : cela viendra ensuite avec les morts, les effacements, cette érosion commune à tous et dramatique chez toi.

De père, je ne te connais pas. Aussi loin que je peux, je n'entends pas qu'on parle de lui, vivant, absent. Tu n'as jamais prononcé le mot en ma présence, évoqué une image paternelle, quoi que ce soit qui relève de ça. Je n'ai pas posé de questions. Déjà, je ne posais pas de questions. Puisque je ne savais que penser, le mieux était de garder mon silence. Si tu souhaitais en parler, tu le ferais. Et puis, ces histoires de famille, je n'y accorde guère d'intérêt. Mon esprit s'y refuse. Il y a pour moi dans toute généalogie un très profond ennui. Je fuis cette complexité autant que j'aime le simple.

J'imagine que je pourrais aller fouiller un peu, tourner les pages des registres dans les mairies, tracer des lignes entre les noms, dénouer liens et sangs. Sur les tables qu'éclairent des lampes prévues pour découper la nuit, celle des années, je pourrais rester longtemps assis à chercher dans les tranches du temps un cheminement. Je n'irai pas, cela ne m'en apprendrait pas plus sur toi quand bien même je trouverais tes éclairages. De toi, j'ai tout ce que j'ai vu, entendu, peu, de ta bouche, c'est suffisant pour construire l'amitié, qui peut vivre de moins s'il le faut.

Et donc pour ton père, rien. Cet homme qu'il a été, il a pu s'enfuir un matin, ou mourir, ou s'effacer, tu aurais suivi son modèle sans le savoir, dépliant dans ta vie un héritage, cet hommage aux racines invisibles. Tu ne l'as peut-être pas plus connu que moi. Il est une ombre parmi les ombres. Je vais le laisser où qu'il soit reposer en paix, quand bien même il vivrait encore, ignorant que tu n'es plus, s'il a jamais su que tu étais, qu'il avait donc un fils.

Par contre, de manière certaine, j'ai croisé souvent ta mère, un personnage. Tous connaissaient son allure dans le village qu'elle traversait, tête haute, jupes bariolées, ses empilements de chemises ou de gilets multicolores qui lui donnaient un air de gitane fière. De femme qui n'avait pas langue en poche. Et pas tellement les mains, elle n'hésitait pas à balancer quelques torgnoles à qui lui manquait de respect. Tentait de s'opposer. Osait faire remarquer que le bazar d'objets s'accumulant sur l'aire devant votre maison n'était pas du meilleur effet.

On riait d'elle de loin, je l'avoue, à bonne distance de ses mains, de sa voix qu'elle savait faire monter dans des volumes suffisants pour que toute la rue, le village autant dire, soient instantanément avertis ; que nos mères l'apprennent ; que nos oreilles en cuisent le soir, tirées bien qu'on tente d'expliquer que le coupable c'était l'autre, toujours l'autre copain évidemment absent et donc coupable, forcément, d'avoir balancé une vacherie à l'échevelée.

On riait aussi, peu discrètement, avant, plus jeunes, je parle de la Communale, lorsqu'il arrivait à ta matrone de venir te récupérer, pleine journée, pour on ne comprenait quelle tâche soudain urgente requérant ta présence. Elle arrivait dans la cour de récréation, nos jeux, ou bien dans le couloir desservant les deux salles enfilées. La maîtresse l'interceptait de toute son autorité, celle-là même qui parvenait à arrêter dans sa charge n'importe quel bonhomme de la vallée, même d'un quintal, même illettré. Mais pas ta mère. Ta mère semblait totalement impossible.

Ne tenant compte de rien, ni de nos gloussements derrière nos mains plaquées, ni de la face rouge brique outragée de la maîtresse, et pas plus de ton émoi, ta mère t'attrapant par la main sortait, te remorquant sans paraître fournir plus d'efforts que si tu avais été poupée. Parfois, je te voyais te retourner vers nous aux fenêtres, aux grilles de la cour. Souvent, il me semblait que c'était moi que tu fixais avec cet air désespéré, celui que la rage, la honte, dévorent.

Tu étais le plus jeune d'une fratrie de trois. Celui sans père, ou en tout cas d'un autre père que les deux. J'ai vague écho de cela, d'avoir cueilli un chuchotement autour d'une tarte, café, évoquant cette valse, des hommes, des enfants qu'ils oubliaient dans les jupes de leur mère, la tienne, celle de tes frères avec lesquels, de ce que j'ai pu voir ici ou là, votre ressemblance pourtant frappait.

Ce devait être une affaire de génétique, l'héritage maternel prenant le dessus, ça n'aurait pas été étonnant vu la force qu'elle était. Ou bien un hasard de mélanges, la nature rejouant ses propres cartes jusqu'à décliner dans les trois garçons un camaïeu. À moins, évidemment, que cette ressemblance ait été résultat de ce que je projetais sur vous, cherchant ce qui n'existait pas, inventant des similitudes de traits purement imaginaires, manière que quelque chose se tisse, te lie.

L'aîné, je ne l'ai jamais vu, s'il faut être honnête. Il courait des rumeurs, la plus commune affirmant qu'une folie l'avait fait interner à force de n'importe quoi, de menaces qu'il lançait. On racontait, c'est glané également aux cafés chuchotés, qu'il avait cette manie de suivre les femmes au champ ou gardant les troupeaux ou les tombes au cimetière.

Cela n'allait jamais plus loin, juste ça, une silhouette lointaine puis proche, surgissant à même pas un mètre sans que le moindre bruit n'en ait averti, un chat. Sorti de son néant, le gars demeurait bras ballants, avec cette tête d'un qui ne l'a plus toute, les yeux dans des contrées qu'il était seul à voir, à arpenter, mâchonnant sa méchante moustache taillée seulement quand le vent s'y prenait. D'aucuns autour me soutiennent aussi qu'ils l'ont croisé souvent cherchant une vieille roue pour réparer sa bicyclette, un reste de ferraille, de foin pour les lapins qu'on aurait pu abandonner pour rien, disons une simple poignée de main, une amitié d'une minute.

D'aucuns me disent enfin que ce frère t'accompagnait dans les fossés, les champs, les vergers sans clôture où on vous voyait ramasser l'abandonné cependant que votre mère, inamovible statue, était à vous hurler dans ses tourbillons de tissu.

Pour cet aîné, je ne sais s'il a effectivement passé le plus gros de sa vie dans un hospice de fous là-bas, bâtisses basses où chaque mur raconte à qui veut bien entendre, peut le comprendre. Jamais je n'ai croisé ses traits, sa démarche furtive, ce qu'il avait en commun avec toi. Il n'est pour moi qu'une rumeur, supplémentaire.

Tout au contraire je connais l'autre, celui entre vous deux, le milieu du plus jeune puis de l'aîné. Homme intermédiaire, pièce du paysage, un puzzle, il œuvrait à toutes les tâches de la commune, ces innombrables où il s'agit de se salir, d'être l'huile dans les rouages.

L'intermédiaire, je l'ai vu plus d'une fois juché, passer, puis repasser, tourner, freiner, sa pelle et son balai soigneusement à la barre transversale de sa bécane branlante. Évidemment, il transportait aussi son mégot mort calé au coin d'une bouche fine, lame de rasoir.

Derrière, une méchante charrette, deux roues, liée au porte-bagages d'une ficelle jaune, prenait le reste, herbe fauchée, morceaux de branches, objets divers maculés de cette graisse noire qu'on trouve dans les fermes, sur ce qui s'y rencontre de mobiles, une pluie imperceptible jusqu'à ce qu'elle tache tout.

De toute ta famille, c'était le plus bavard, celui qui sortait souvent d'entre vos murs aussi, qu'on croisait dans les quelques rues qui nous dessinent, sont immuables depuis des décennies, ne changeront pas.

De lui, je garde la dégaine, pantalon dans des bottes caoutchouc, gros pull de laine essoufflé. Au-dessus la voix pleine de rocaille, un tombereau tournant incompréhensible ce qu'il disait quand il freinait, tendait son énorme main, me demandait comment j'allais, et la famille, et la copine – cette dernière question posée déjà quand je n'avais même pas dix ans, moi de rougir pivoine le temps qu'il éclate de rire, une avalanche de rochers qui redémarre tout juste à l'équilibre.

10

Au puzzle, je rajoute une pièce rapportée, dont je pensais avoir oublié de quelle manière elle s'était raccrochée au petit noyau dur de ceux vivant avec toi dans la nasse du hameau. Puis quelque chose m'est revenu, une autre rumeur, encore, expliquant des mouvements, déménagements.

Avant, il y avait dans la rue par là-bas, opposée à l'impasse si l'on regarde les cartes, sans issue également, deux frères aussi célibataires l'un que l'autre, taiseux l'un plus que l'autre, dont on ne savait rien bien que l'aîné traînât vacant au bistrot quand il n'était pas sur les toits, il en faisait métier. Pour lui, l'aîné, la vie tenait en ces trois lieux, les toits, le zinc, un lit dans lequel nulle ne semblait jamais être entrée, nous l'aurions entendu.

Chaque fin de journée, retour du chantier en cours, passage sempiternel au comptoir, même place, même commande, plus tous les samedis soirs quand le patron jetait sa clique de piliers dehors, on le voyait rentrant martial, son pas quasi de l'oie indiquant qu'il était dans une ivresse sans bords.

Depuis, il a cessé les toits, l'âge suivi d'une retraite, peut-être aussi quelques vertiges, pas grand-chose, tout juste un flottement qui vient prendre les jambes, cela ne dure pas, on s'appuie le temps que ça passe sur l'air autour. On ne pipe mot, nul ne saura, on ne veut savoir soi-même, on invoque la bière, un repas riche, le vent, de mauvaises chaussures, la mousse qui étoilait les pentes pour les rendre dramatiques, à moins que ce ne soit le soleil tapant. Le lendemain ou une semaine après, voilà que ça revient, puis beaucoup plus souvent. Un jour, il faut s'y faire, on ne peut plus, on range les outils, l'échelle aussi dans l'atelier, il est grand temps.

Ensuite le café nombril du village, sa seule sortie, a fini par fermer, le patron mort d'usure, d'avoir perdu son fils surtout. L'aîné alors a disparu, s'effaçant doucement, ne sortant plus sinon une fois par an, dans son jardin étalé à l'arrière.

De là, jumelles, la chasse, il prenait soin d'examiner chaque tuile, puis pareillement sur le devant, il arpentait le trottoir à l'image, dit-on, des filles de joie qu'il avait parcourues dans les grandes villes quand il y passait au détour d'un chantier. Quoi qu'il en soit, il surveillait. N'y pouvant plus monter, il prenait soin tout de même du bon état. Un reste de conscience professionnelle. La peur du ciel tombant.

Il est mort seul. Les voisins avaient appelé pour prévenir, on ne le voyait plus vider sa boîte, elle s'était prise à dégueuler de l'inutile courrier des vieux, catalogues tristes, appels aux dons d'œuvres diverses, foutraques. Les pompiers l'ont trouvé dans son fauteuil garant de la télévision ouverte sur le grand rien. Il avait d'une semaine au moins quitté ce monde vu l'état du cadavre. On pourrait faire un rapprochement avec la manière dont vous avez quitté la vie, j'en parlerai plus loin pour ce qui te concerne. La différence d'âge suffit à rendre caduc le parallèle. Mais je me perds.

Dans la famille, je voulais l'autre, le jeune frère, tellement discret que j'ai certitude de n'avoir pas une seule fois discuté avec lui, pas une phrase, mot, geste. Cette discrétion, une timidité au-delà de toutes, n'a pas manqué de se poser en point d'achoppement lorsqu'il s'est affiché, une des fêtes du village, une femme accrochée à son bras. Qu'il présentait partout, à chaque oreille l'écoutant vaguement, comme sa compagne, sa toute future épouse, l'évidente mère des enfants à venir. Bientôt, en témoignait le ventre proéminent que la dame promenait, petit pois dessous le matelas, derrière des robes multicolores, celles de ta mère ou presque, on ne s'étonnait pas.

Le futur était là, des jumeaux arrivèrent, si vite qu'il apparut que leur histoire, au frère jeune, à son amoureuse particulière, remontait à plusieurs mois. Certainement pas dans le théâtre du village. Ailleurs. Ailleurs que dans le creux de la vallée qui était un livre grand ouvert, chacun y lisait tout, ne pouvait rien cacher non plus. Ainsi de lui, le jeune, qui avait donc trouvé, on ne sut jamais, un lieu secret pour rejoindre sa belle qui, entre nous, ne l'était pas vraiment. Mais cela tu le savais déjà, puisque tu l'as connue, qu'elle a vécu dessous ton toit.

Car la surprise, la vraie, a été quand la mère des jumeaux a pris soudain ses deux bambins sous les bras, un de chaque côté, des sacs qui marchaient à peine, pour s'enfuir de la maison que son mari, ils s'étaient mariés juste avant l'arrivée des enfants, retapait depuis quelques mois. Cette maison dans la même rue que celle de l'aîné, quasi voisine, presque effondrée, dont il avait patiemment remonté les murs ravagés avec ses deux garçons, jumeaux, assis quasiment nus dans leurs couches sales sur les tas de débris entassés au chantier, et regardant leur père s'échinant cependant qu'ils mangeaient pleines poignées de sable.

Le scandale a fait rire du ban à l'arrière-ban, le jeune cocu n'avait probablement pas rêvé ça, sans quoi il aurait balancé de suite outils aux quatre vents avant d'aller tout boire avec son frère. Et puis aussi parce que, quand même, comme le crachaient les bouches tordues, sa femme, l'enfuie, tombait vraiment bien bas – ces gens parlaient de toi, de ta fratrie, de celui de ton frère avec qui elle s'installa pourvue déjà de deux rejetons. Et puis encore parce que, rajoutaient les lèvres mauvaises, elle, la mère, n'était pas la plus belle du canton, c'était le moins qu'on puisse dire, mais il fallait, n'est-ce pas ?

L'émotion passa, une averse, on s'habitue à tout, y compris dans un pays pas plus grand que ma main. Au final, seul l'équilibre des personnes, leur répartition entre les murs, avait changé : on croisait toujours les mêmes visages. Les deux garçons rejoignaient ainsi par la bande ta fratrie, en pièces supplémentaires, une branche inattendue dans l'arbre, on appelle ça *gourmand*.

À compter de ce jour, on vit ta propre mère, belle-mère par surprise, accompagnée de la mère des jumeaux qui était désormais pour toi belle-sœur. Les deux traînaient ensemble partout, jetant aux visages des paysans éberlués, ceux appuyés sur la demi-porte des étables, l'arc-en-ciel de leurs jupes, jupons, gilets et encore chemises qu'elles entassaient sans limite, à croire qu'elles avaient froid même en plein milieu des étés bombardant.

Elles finirent par se ressembler. À les voir, elles, la jeune et la vieille, enfin, plus vieille que l'autre, un étranger aurait assurément parié moitié de sa paie qu'elles étaient mère et fille ou bien, a minima, sœurs. Cette manière qu'ont nos traits de se synchroniser, c'est curieux. Comme s'il fallait réduire la distance entre les humains d'une même maison, des vies voisines, parallèles.

Cela ne dura pas, ces trois personnes fondues dans votre mystère, le tien, celui de ta famille et aussi de la maison dans le hameau. Enfin, cela ne dura pas plus d'une décennie, peu à l'échelle du temps. Et donc, puisqu'il faut avancer, lorsque les jumeaux commencèrent à devenir deux longs garçons échevelés, l'un seulement plus disert que l'autre, leur mère finit par rassembler ses maigres affaires pour s'en aller. On ne sait où, pas plus pourquoi elle décida, encore une fois, de se faire la malle.

Un soir, quand toute la tribu rentra, qui des champs où l'on avait glané, qui du bistrot, qui de jeux dans le village, et pour toi j'ignore tout de tes occupations ce jour-là autant que les autres, elle, qui avait prétexté une migraine pour rester entre les murs, n'y était plus. Ses frusques, pas plus. Elle s'était littéralement évaporée, sans rien laisser qui permette de savoir. Pas un morceau de page de cahier griffonné de quelques vagues. Même pas ça. Le vide d'une mère disparue. Ses enfants prirent leur parti. Ton frère abandonné aussi. Ta mère ne pipa mot. Ses lèvres se serrèrent plus.

Les deux garçons repartirent chez leur père toujours dans sa maison jamais terminée d'être restaurée. Tu perdais au passage deux demi-frères. Pour les jumeaux, ils grandirent livrés à eux-mêmes, leur père ne s'occupant plus que de ce qu'il pouvait de lui-même, c'était assez. Jusqu'à ce qu'il disparaisse à son tour, ramassant ses vêtements usés à leur corde, roulant tout en vrac dans une de ces valises défoncées retrouvées dans le grenier, poussant cette dernière sur la banquette arrière de sa vieille voiture que les deux garçons regardèrent dévaler la descente avant de démarrer dans un nuage d'huile obligé, c'était la seule manière de le faire depuis que sa mécanique avait commencé à rendre son âme.

Les jumeaux n'en firent pas drame, rentrèrent dans la maison qui devint ainsi la leur. Ils s'étaient habitués de longtemps à se débrouiller. Ils continuèrent. Leur oncle, l'aîné, le quasi-voisin, passait de temps en temps, puis moins. Les gars n'avaient besoin de personne. Les services sociaux ne s'occupèrent pas d'eux, à la fois parce qu'ils étaient finalement passés sous les radars de la normalité, comme toi jadis au collège et puis, très vite, parce qu'ils atteignirent la majorité sans déranger, ce qui arrangea tout le monde.

Il t'arriva plusieurs fois de venir faire fête chez eux. S'amuser, pour vous, c'était vous saouler à mort, finir par rendre tout ce que vous pouviez dans le jardin, ou n'importe où où vous étiez sur l'instant, vous effondrer jusqu'au matin une fois vidés avant que de recommencer. Une boucle. Jusqu'à ce que tu cesses aussi de traîner là. Ta maison t'avait à nouveau repris.

Pendant ce temps, les jumeaux grandissaient hommes, si différents l'un de l'autre qu'on aurait pu les croire étrangers. Un matin, l'un d'eux monta au premier train dans la petite gare voisine pour partir dans le sud, ce qui n'avait aucun sens. Plus personne n'entendit parler de lui.

L'autre attendit quelques jours, sortit à son tour, ferma la maison, glissa la clef sous le paillasson pour le cas où son frère rentrerait, ce qui n'arriva jamais. Il démarra la guimbarde payée à force de chantiers, de boulots pour lesquels on cherche toujours des bras misérables, quitta le village par la grande route, n'y revint jamais, même pas à la mort de son oncle, même pas à la tienne, et moi pas plus.

11

J'ARRIVE à nos ultimes. L'avant-dernière, c'était la période du permis de conduire, elles ont été multiples, je les regroupe, une même époque me permettra cela, lier.

Tout se passait dans le gros bourg qui ne l'est plus, dégonflé avec le départ du régiment, des artilleurs si je ne fais pas erreur, qui occupaient l'immense caserne au cœur. Faisaient vivre ce dernier avec familles, enfants, argent, le mouvement des camouflés entrant sortant jour, nuit, par les grilles blanches hautement piquées de rouille. Des plantons surveillaient. Ils dormaient presque debout. Je les voyais à peine plus aguerris que nous deux.

Depuis, les rues sont vides, mortes quasiment. Les façades noires qu'on ne sait nettoyer, boursouflées lentement à mesure que la pluie les ronge, sont des lamentations. Les magasins ferment en procession, autant de pénitents. La quincaillerie où les promis déposaient leurs listes de mariage a été rachetée puis revendue, épuisée d'elle-même jusqu'à éteindre ses portes de verre. Sur le marché du mercredi, des ombres font chichement leurs courses, vieilles personnes pieds prudents, jeunes désœuvrés à la recherche d'une bonne affaire qui ne le sera pas pour eux, bonshommes flottant dans leurs vapeurs mélange de médicaments délayés de cette mauvaise bière qu'ils achètent dans des canettes métal hautes d'une tête, ce qu'il faut pour briser la leur.

Là-bas, j'ai une fois ou deux croisé ta mère mais jamais toi, même pas là, en ce lieu qui était pour beaucoup la seule distraction d'une semaine, l'unique moment de prendre l'air quand bien même tout encombré des odeurs d'oignons du type au coin des rangs d'étals vendant ses *casse-croûtes*, on ne disait pas encore *burgers*, à qui s'arrêtait alléché, et consentant parfois une remise discrète quand le client faisait par trop pitié, souvent.

C'est dans cette triste ville-là que nous nous sommes revus quand le lycée se terminait pour moi – pour toi, rien ne se terminait puisqu'il n'y avait pas eu de commencement.

Le permis, on le passait dès que possible, dès les dix-huit ans parce que sans, on se retrouvait assigné à résidence dans nos méchants villages jetés dans toute la région, tellement loin de tout que le reste de l'univers en devenait flou.

L'auto-école, je la connaissais bien, c'était la famille, j'y avais même tenu une fois ou deux l'accueil le samedi, dépanner. Très fier au bureau métallique gris face à la porte, l'immense vitrine sur laquelle je lisais mon nom en grosses lettres magnifiques d'envers, je recevais. Les clients arrivaient avec leurs questions. Je rebondissais en disant qu'il valait mieux repasser quand le patron serait revenu. À défaut de réponses, j'assurais une présence. J'ai toujours su faire la plante verte.

La première étape, l'examen du code, apprentissage cabalistique, on la préparait dans une petite arrière-salle. L'entrée, c'était après un rideau qu'on passait en se demandant si on allait découvrir un passage secret vers le cinéma voisin accolé, déjà fermé dans mon souvenir mais de tout récemment, peut-être d'ailleurs en précurseur des fermetures qui suivraient, dominos tombant tuant un bourg, quelques années suffisent.

La salle, celle du code, n'avait pas grand-chose d'un cinéma sinon dans sa disposition, les chaises alignées, le projecteur ici à diapositives, l'écran blanc remplissant le mur du fond, dessus des générations entières de mouches s'étaient aimées ou avaient chié. Là-dedans assis, nous, futurs candidats, commentions, cherchions la bonne réponse au sein de la petite liste A, B, C, D.

Nous nous retrouvions cette fois encore ensemble, places inversées. J'étais maintenant au fond, au proche de la sortie, du projecteur aussi, parfois, le moniteur, mon oncle, me demandait de lui passer l'un des paniers, ses diapositives griffées. Et puis j'avais pris l'habitude, l'ai de mes jours encore, d'être dans le fond, on y voit mieux les autres, sans être vu on imagine, on peut écrire dans sa tête des histoires.

Devant, dans la petite masse studieuse drainée d'une bonne moitié du canton, tu étais toujours le même ou presque, tes cheveux ressemblant à un des nids qu'on retrouvait au sol auprès des grands arbres postés le long de la rivière. Tu te souviens ? Cela faisait une sorte de panier de foin aux brins embrouillés soigneusement au creux desquels, ça arrivait, on retrouvait quelques coquilles multicolores brisées par la haute chute, un prédateur gourmet. Rarement, un ou deux œufs intacts, froids à présent de n'avoir plus été couvés, qu'on tenait dans nos paumes attentives de longues minutes sans trop savoir qu'en faire.

Dans cette petite salle tu ne parlais pas, tu ne répondais qu'en marmonnant, un mot ou deux. J'avais ce sentiment que tu proposais presque à chaque fois une solution que tu savais fausse uniquement pour qu'on te laisse disparaître. Lorsque la réponse était bonne, je surprenais ce très léger haussement de tes épaules, qu'on fait quand on profère une évidence en s'agaçant de ce que les autres s'étonnent. Peut-être fallait-il lire dans cet imperceptible un message muet, « Je ne suis pas idiot ». Moi, je le savais, mais quid des autres ? Quid d'eux qui, sur la seule foi de ta pauvre apparence, te classaient parmi les abrutis sans aller te chercher plus loin ?

Le code, à l'examen, je l'ai obtenu de suite. Tu as de ton côté accumulé bien trop d'erreurs ce jour-là. Lorsque nous sommes sortis, tu as haussé encore tes épaules cependant que nous discutions sur le trottoir noir, quelques secondes en tant d'années. Je retenais ma petite joie, briller de cette réussite. Tu m'as dit que tu repasserais, que ce n'était pas grave, que rien n'était réellement grave. Cette sagesse n'a eu de cesse de m'étonner quand tout me taraudait, chaque seconde, et toujours d'ailleurs.

Ensuite, la conduite comme une formalité, j'avais appris depuis longtemps, piloter les tracteurs des paysans donne d'assez bonnes bases. Le jour de l'épreuve, sur la place dans l'autre petit bourg, les candidats se serraient dans leurs vestes pour parer le vent, la pluie prenant leur tour pour les fouetter. Tu n'étais pas du lot. De ce que j'ai appris, tu ne venais plus prendre tes leçons, et de conduite, il n'était plus question.

Quand je suis reparti avec le papier rose m'autorisant, la route s'ouvrait sans limites. Ce morceau de pelure, c'était passeport vers l'infini. Une poignée de mois plus tard, seul au volant, j'allais m'écraser contre un arbre, de ces pommiers qui ne savent que produire des fruits trop durs ou résister aux impacts automobiles qui viennent les secouer. Par un miracle qui me reste à jamais, je suis sorti parfaitement indemne de la carcasse. De ton côté, j'ai fini par te voir passer au volant de cette auto d'apprentissage que nous partagions tous. Je devinais, deux mains crispées sur le volant, les efforts par toi produits. Tu passerais plusieurs fois l'examen.

Sur chaque tentative, un incident, un détail, ces riens qu'un conducteur gère sans y prêter plus d'attention, te faisaient échouer. De guerre lasse, à bout de finances peut-être aussi, surtout, tu as abandonné. Tu n'aurais jamais le permis. Tu t'en passerais, comme pas mal d'autres choses.

Par la suite, je t'ai croisé sur les routes du canton à bord de l'une de ces voiturettes qu'on peut piloter sans autre forme de procès. Pragmatique, tu avais adopté ce moyen de transport, celui de ton frère aussi, qui entretenait trottoirs et fossés, lorsqu'il passait les limites du village. Ton auto était grise, défoncée de toutes parts, à bout de souffle, on aurait juré qu'elle ne réussirait pas le virage suivant, que toi et elle alliez finir droit dans les champs qui embrassent la route.

À chaque fois, on se saluait, main lointaine, le temps de ces secondes où nos vies se rapprochaient l'une de l'autre avant de s'éloigner à nouveau, chacun allant là où il allait, ce n'était jamais au même endroit. Dans ces moments, les différences de vitesse, de moyens dont nous disposions afin de sortir de la vallée, j'ai compris ce qu'elles disaient de celles de nos vies, des chemins radicalement différents sur lesquels nous étions engagés sans plus pouvoir dévier.

12

Puis là, l'image coup de poing. C'est la dernière fois, vraiment, une bonne dizaine d'années avant que tu viennes à mourir. Notre ultime rencontre, la fête du village. Je ne m'y attendais pas.

Même si ce n'est que de temps à autre, et toujours moins du fait de tout, il m'arrive d'en être, de cet évènement infime, énorme quand on s'y trouve. Je ne sais ce qui peut créer ce prisme, peut-être le souvenir que de longtemps, toujours, ces quelques jours reviennent, au point qu'il me semble qu'un qui voyagerait dans le passé ne serait pas tellement dépaysé, retrouverait quasiment même kermesse nonobstant les figures, quelques maisons, et voire.

C'est à cela que je pense quand j'y suis, posé sur les bancs de bois clair, peinture jaune canari, dépliés sous des chapiteaux de plastique blanc tellement lourds qu'il faut trop de bras pour les monter, les démonter, organiser, accueillir des centaines dans le clin d'œil d'un week-end collé aux saints paroissiaux.

Caché dans un coin je regarde le clocher qui fait ses tours d'horloge, les badauds nonchalants, je prie pour que cesse cette musique pénible mais elle ne se tait pas de ces quarante-huit heures d'une frénésie à laquelle je demeure totalement étranger.

J'ai évoqué comme j'étais assis. Pour préciser, ladite cour de la fête était celle de la Communale. Si l'école n'est plus qu'une salle polyvalente, le grand carré de bitume noir auquel se colle un autre plus petit, puis ce dernier rectangle d'herbe rase qui nous servait de terrain de foot, c'est toujours *notre* cour, cette inchangée.

Ici, il y a un trouble qui vient à prendre conscience que la première comme la dernière fois que nous nous sommes croisés, c'était au même lieu, à croire que nos vies ne sont que boucles, quels que puissent être nos efforts d'en faire une ligne droite.

Cette année-là, je regardais passer tous ces visages, cherchant dans cette foule mouvante, vertigineuse, les connus, inconnus, ceux que je parvenais à reconnaître, ceux que j'avais connus un jour. Le pays n'est pas bien grand, on finit par avoir de presque tous son idée.

Alors j'examinais, guettant dans des faces usées celles que j'avais côtoyées jeunes, lisses, imberbes, ou ces dames alors demoiselles dont on tombait follement amoureux jusqu'à parfois quelques semaines lorsque cela durait longtemps.

J'étais dans cet état d'ivresse légère dans lequel entraînent les foules aux franges desquelles on peut se tenir quand tu es arrivé. Avec ta famille, le bloc central, ce qu'il restait, ta mère, ton frère affublé de ses grandes bottes quand bien même on frôlait l'été. Je t'ai vu passer la porte grillagée aux battants qui grincent atrocement depuis des lustres, à croire que je suis le seul à l'entendre, que personne jamais n'y mettra la graisse. De là où je me tenais, vous composiez une seule personne, craintive et courageuse, venue affronter les regards, la plupart moqueurs.

Je sais qu'on vous examinait. Vous ne veniez jamais dans ces raouts, il y avait trop de *tout* pour vous. Cette année-là, j'ignore ce qui a motivé votre passage, cette forme d'apparition. Peut-être que vous cherchiez une normalité, ou vouliez affirmer que vous existiez même si quasi invisibles au quotidien. Même si retranchés dans la maison dont l'état général ne s'améliorait nullement, le rabot du temps s'en occupant avec le reste.

Sans que tu me remarques, j'ai étudié sur toi les changements survenus depuis le code de la route. Une barbe de quelques jours, broussaille, la même sur ta tête d'ailleurs, puis juste dessous un ventre qui avait poussé incongru. Tu avais quelques kilos de plus, j'entends beaucoup. Il était difficile de retrouver dans cette rondeur le bonhomme sec que j'avais fréquenté dans la salle de classe quelques mètres plus haut, si proche du lieu où nous étions maintenant qu'avec un peu de chance, en pliant proprement le temps, on serait parvenu à se revoir assis à nos pupitres.

Puis il y a eu un mouvement dans les groupes qui se massaient à l'entrée avant de se jeter dans la bête indistincte. Une des grandes familles du village arrivait. Ses membres, un tiers des âmes de la communauté, tous à la même table, qui s'étaient donné rendez-vous à la porte, débarquaient en pack telle une équipe de rugby, vous avalait. Quand ils ont eu terminé de passer, un troupeau en fait, tu n'étais plus là. Je t'ai cherché des yeux, et me suis attaché à d'autres ombres du temps.

C'est toi qui as marché à moi. Quelques minutes plus tard, alors que je ne pensais déjà plus à toi, une voix venue d'outre-tombe, celle précisément qu'on jouait enfants pour faire les idiots, m'interpellait. Tu étais là, tout proche de moi, agrippé à une canette de bière d'un vert translucide qui te donnait contenance. Tu m'as tendu la main. Quand j'ai serré, j'ai senti cals et puis douceur, et ce mélange était une force retenue dont je n'avais pas idée.

Nous avons discuté un peu. Enfin, j'ai parlé. Je bavarde d'autant plus que la situation me stresse. Tu étais très curieux de savoir ce que je faisais dans la grande ville, dans cette université dont tu ne voyais pas bien à quoi on pouvait y passer l'année, sur quoi ça finirait par déboucher, je l'ignorais moi aussi. J'ai expliqué comme j'ai pu, constatant au passage à quel point il est compliqué d'expliquer ce genre d'endroit, ce qu'on peut y faire. Tu écoutais, goguenard légèrement, je crois.

Lorsque j'ai enfin fermé ma grande bouche, demandé ce que tu devenais, tu m'as juste répondu « j'habite toujours ici », une réponse parfaite qui disait suffisamment pour que je n'insiste pas. Un grand silence est venu, dents longues. Il a creusé entre nous cette gêne dont on ne sait sortir.

J'allais te proposer une autre bière, comptant sur les effets de l'alcool sur nos langues pour poursuivre. J'imaginais que cela aiderait à ce qu'on parle plus qu'on ne l'avait fait depuis deux décennies. Au moment où j'allais rouvrir la bouche, tu m'as dit que tu devais partir. Tu n'as pas précisé où. Tu m'as serré une nouvelle fois la main. Cela semblait un *au revoir*. En fait, c'était l'adieu, mais nous ne pouvions pas le deviner.

La grille a couiné brièvement lorsque tu l'as franchie, t'éloignant sans ta mère, ton frère, s'attardant un peu avant de se dissoudre dans l'agitation de la fête – je les ai croisés plusieurs fois, elle errant comme si elle n'avait pas trouvé d'attaches, lui discutant avec tout le monde puisqu'il était loup blanc.

Après ton départ, j'ai regretté de n'avoir pas posé mon invitation, de n'avoir pas tenté de renouer un fil ou deux de ce passé commun que nous avions, quelques morceaux de mercredis, une poignée de jours dans la même salle d'école, des courses de bicyclettes déglinguées, litanie.

Par la suite, nous ne nous sommes plus jamais croisés, rencontrés, vus, de loin, furtivement. Pour moi, tu es entré dans le lot de ceux qui perdent leurs visages. Maintenant, je n'ai plus qu'un très vague souvenir du tien, une impression. Une barbe. Le grincement d'une porte métallique.

13

AU FINAL ils sont morts, ou disparus, c'est même chose pour ceux qui restent. Tous morts ou bien fondus dans le vaste monde même si j'en soupçonne certains de s'être figés à peu de toi, plus de nouvelles seulement – ils sont si rares, ceux échappant à la vallée.

Le devenu invisible, c'est ce morceau agrégé à ta famille, ce cercle qui n'était pas ton sang : la femme laide prise par le tien au plus jeune des deux frères, j'ai dit comment elle s'était juste évaporée. Pour ses enfants, tes demi-frères qui faisaient sensiblement un bonhomme entier, pareillement, quelques années après leur mère. Il n'empêche, je suppose qu'il y a eu un manque, pas de la belle-sœur temporaire, mais des quasi-siamois, vous aviez petites habitudes et donc assez de sympathie réciproque pour ça.

Pour les morts, d'abord cet aîné, enfermé de longue date, qu'un matin l'infirmière dans sa première tournée a retrouvé raide dans son lit, dans la petite chambre qui n'était qu'une dans l'alignement où il vivait depuis si longtemps qu'il ne savait plus s'il existait quelque chose en dehors des murs, de lui.

On ne sait ce qui a lâché dans ce corps tenu par une gangue, médicaments qui vous rendent absent à vous-même, éloignent de tout. Sapent aussi, s'attaquant aux organes avec une patience de pluie sur la terre des bords de rivière. On ne voit rien, tout semble calme, tellement apaisé, juste un bruit très léger, une circulation souterraine, murmure. Puis un beau jour, à la faveur d'un infime mouvement, un hasard ou l'usure, la moitié de la berge s'effondre, entraîne dans le lit le promeneur qui n'y comprend plus rien, se noie en moins de temps qu'il n'en faut pour qu'un nuage cache le soleil.

C'est cela que je peux inventer, un organe usé à sa trame jusqu'à rendre les armes, plusieurs s'il se trouve, cascades d'effondrement que les médecins connaissent, ne parviennent pas toujours à ralentir, bloquer. Quoi qu'il en soit, ajouté à l'âge qu'il avait atteint, le frère qu'on disait fou, l'était certainement devenu confiné ces longues décennies, qui s'était effacé pour tous, hantant seulement les mémoires de quelques-uns, des quelques-unes effrayées, a fini par *passer*, les vieux disent ça pour ne pas chuchoter *mourir* dans l'obscure crainte que parler de la dame noire la fasse venir, chien sifflé.

Ta mère s'est vue enterrer son fils aîné. Je n'étais pas à la mise en terre, mais je voudrais croire qu'elle portait ses couleurs habituelles, que l'arc-en-ciel bariolé qu'elle pouvait faire au cimetière, beau milieu des quelques présents en palette sombre, était message à la faucheuse. Je peux bien espérer cela.

Elle, ta mère, a suivi de près son aîné ; elle aurait voulu remettre un peu d'ordre dans la succession des morts qu'elle n'aurait pas fait autrement. Dans son cas, je n'ai aucune trace du comment. Là encore, j'étais trop loin, plus vraiment attaché aux histoires racontées à l'occasion d'un appel téléphonique, une rumeur que l'on n'écoute pas réellement. C'est cette distance qu'on prend avec les lieux où l'on était, cette désaffection, les liens finissent par se distendre. Un jour, quelqu'un vous parle d'une telle partie d'une maladie de plusieurs mois, on s'aperçoit qu'on pensait cette personne enterrée de longtemps, mais non, dans le cimetière, sa tombe gros ventre est de terre fraîche.

Dans ta maison, il ne restait plus que toi et ton frère botté qui veniez de suivre le cercueil de la mère, constituant à vous deux une large part de l'assistance. Le prêtre obligé était en service, les deux costumés des pompes funèbres aussi. Concernant votre cercle familial, il se réduisait à peau de chagrin.

Le soir même, tu t'es retrouvé avec ton frère, ses grandes bottes encore aux pieds, assis autour de la table. L'un a fini par s'occuper du repas. Ce ne devait pas être fastueux, c'était manger pour vivre. La dernière bouchée engloutie, vous avez fumé lentement, des cigarettes roulées, racines fatiguées dépassant de bouches que vous n'ouvriez pas. Ensuite, vous êtes montés, chambres à l'étage. La maison silencieuse. La vie dans moins de bruits encore.

Ça a été ensuite le tour de ce frère. Pour lui, dont la présence était une part inamovible du décor, l'église était pleine à craquer, peut-être de toutes les familles. Ce jour-là, la procession qui suit chaque cercueil semblait n'avoir nulle fin. Devant, tu marchais seul, le tout dernier. S'il se trouve, tu souriais intérieurement en pensant que tu avais bien fait de demander qu'on laisse ses bottes au mort.

Lorsque le cercueil a été glissé dans l'âme de la terre, tu es retourné à ta voiturette cependant que le corbillard vide repartait de l'autre côté. Tu es rentré chez toi. Derrière, la porte du cimetière sifflait à mesure des sorties. Les dernières personnes à quitter les lieux entendaient loin le bruit de pétrolette de ton engin traversant le village sans trop respecter le code de la route, les trois priorités qu'il y a jusque chez toi avec ce feu rouge au milieu où personne ne s'arrête. Le code, tu l'avais oublié depuis longtemps, et qui t'aurait jeté la pierre ce jour précisément ?

Tu as laissé, sur quelques centaines de mètres, l'odeur caractéristique de ces moteurs guère plus puissants que ceux des mobylettes mais puants bien pareil. Arrivé, tu t'es garé comme tu as pu sur l'aire battue des gravillons tassés, un garage avec son plafond de ciel.

Je sais ton paysage – en face cette autre maison qui a été bourgeoise, abandonnée aux rats autant qu'aux ronces tenaces, sa façade grise ressemble au visage d'un vieillard qui ne trouverait plus forces, rongée aussi d'une vigne folle, hirsute, dont le poids finira par la faire tomber toute seule du mur où elle s'accroche tant qu'elle le peut encore.

Plus loin, après la fin d'une route cessant d'une seule ligne, on voit une branche de la vallée, un ruisseau apeuré au fond. Le village est une boule. Quelques maisons sortent solitaires, poussant sans grand espoir une avant-garde. Ensuite, il y un pré qui court tellement loin qu'on finit par le perdre. Seul le vent y loge, bousculant de pauvres herbes qui se voudraient très hautes, sont juste des cheveux fins. Le vent charriant des averses sans limite sinon les yeux.

Tu es sorti du véhicule au moteur brûlant d'usure, un manque d'huile, tu ne savais pas que cela doit s'entretenir, ou bien tu t'en foutais royalement, tu as tourné la tête vers l'immense là-bas, au bout de ce bitume, de ton impasse, l'immense qui ouvrait tout en l'enclosant. Il faisait froid, un froid qui était toi. Tu as laissé la voiturette sans même la verrouiller, les clefs sur le contact, qui viendrait la voler ?

La porte gonflée d'humide a résisté encore, comme toujours, ton pied l'a fait céder dans une protestation de bois forcé. Tu es entré, et tout s'est refermé. Nul ne saura si tu as laissé couler là, dissimulé enfin aux autres regards, quelques larmes retenues, ou si c'est le vide qui est venu t'étreindre, celui que tu arpentais depuis tes premières années.

Dans la maison, cette fois, plus que toi et l'incroyable silence des murs quand nous n'y sommes pas, ou plus assez.

14

De ce jour-là, absent. Tu ne sortais sinon tôt le matin, ou après que la nuit était installée. Les voisins devinaient ton ombre, l'œil d'une cigarette accompagnée de ses effluves. Rien de plus de toi.

Parfois, vous parliez quelques mots, ceux qu'on échange quand il n'y a pas conversation. Au plus souvent, c'était un geste que l'aube, le soir, dévoraient. Quelques secondes après, tu engageais une retraite furtive, tellement qu'il est arrivé que le voisin parle seul avant de prendre conscience qu'il l'était.

Dans la nuit étalée, on distinguait dans la pièce donnant sur l'impasse, derrière les rideaux d'une fatigue totale, une lampe ou deux, des mouvements. Ta silhouette. Ta silhouette à la table assise. Plus tard encore, les reflets bleus d'une télévision jamais éteinte, même pas pleine nuit – le conducteur du camion-benne collectant nos ordures, les rares qui passaient dans leurs voitures, retour d'un poste nocturne dans les usines, d'une fête, des boîtes de nuit dont tu n'avais jamais franchi le seuil lourdes basses battantes dans les poitrines, s'en souviendraient.

De part et d'autre, les mitoyennes étaient à présent vides, leurs habitants partis vers d'autres lieux plus confortables, ou juste morts, usés, rattrapés par le temps dont l'arme préférée est le poison. Avec leurs volets tirés, les herbes folles gardant la porte, leurs glycines à l'attaque du toit qu'elles briseraient ensuite, elles étaient le pendant à ta façade guère plus vaillante, pas plus entretenue, respirant seulement par les volets ouverts, fermés, certains, pas tous, pas tous les jours, l'aléatoire de tes errances dedans.

Derrière, le bout de jardin que ta mère, ton frère avaient entretenu, c'était d'où venaient les légumes qui ne vous coûtaient qu'un peu de sueur, dos douloureux, basculait en une jungle. Il rejoignait dans le sauvage les jardins voisins. À force, ces trois aires jadis au cordeau ne faisaient qu'un bloc dépenaillé, presque brutal, où les clôtures ne pouvaient rien contre les ronces malpolies franchissant par-dessus, dessous, tenaces.

Dans le maelström, des chats tueurs en série venaient mettre bas, chassaient des hérissons, mulots, des petits oiseaux, tout ce qu'ils pouvaient dévorer. Quand tu ouvrais la fenêtre, il n'y avait que cela à voir, ce vert chaos, ces félins y glissant refusant tout contact, crachant, griffant : lors des premières rencontres tu avais tenté caresses avant d'abandonner, de leur céder ces lieux. Ensuite, dissimulé par les rideaux au bout de la poussière, tu regardais longuement la campagne s'étalant plus qu'une femme offerte.

Il s'est dit que d'aucuns te croisaient au supermarché du petit bourg, là où nous avions fréquenté le collège, passé le code de la route. Ta pétrolette était garée n'importe comment sur le parking plein de cahots. Dans le caddie que tu poussais à l'intérieur, il y avait peu, quelques paquets de pâtes, autant de vin, boîtes de sardines, maquereaux, du thon aussi, jamais de viande ni de légumes. Cette passion du poisson me fait me demander si tu as jamais vu nos océans.

Dans la supérette épuisée, tu saluais d'un signe de la tête. Tu n'entamais aucune conversation. Tu répondais d'un ou deux mots aux questions posées par la politesse. Toujours, ton interlocuteur se lassait, serrait ta main pour l'au revoir, partait remplir son propre caddie. L'un d'eux, une fois, arrivé tout au bout du rayon d'inutiles, se retournant vers toi, s'est aperçu que tu étais immobile à le suivre du regard. Je ne sais pas comment interpréter.

Ta boîte aux lettres bâillait. Cela te reposait. Elle n'avait jamais connu que courriers officiels, signes réguliers d'emmerdements, demandes diverses auxquelles vous ne répondiez pas, tablant sur la lassitude des services qui tentaient de vous ramener dans ce semblant de normalité censé être celui de nos sociétés. Il est probable que tu avais réussi à disparaître à leurs yeux, dans la continuité des efforts familiaux. En soi, c'était une réussite, ton aboutissement.

Il arrivait vaguement qu'on remarque ta voiturette garée au cimetière. Tu arrêtais le véhicule en travers des lignes blanches repeintes, si j'ai bonne mémoire, par ton frère botté la toute dernière fois que la commune le lui avait commandé. Maintenant, il reposait pas loin, derrière le mur au crépi consciencieux.

J'étais passé une fois, tu avais laissé les clefs sur le contact, évidemment. J'ai hésité à franchir la grille pour te dire bonjour. J'ai reculé, poursuivi ma promenade, complété le tour des collines par le chemin qui tient leurs hauts. Je ne savais que dire devant la tombe familiale où, sans doute, tu étais arrêté, à moins que tu ne sois dans la chapelle. Je sais qu'on est toujours seul dans la mort. C'est un regret, de n'avoir pas parcouru quelques mètres pour basculer par-dessus le temps écoulé.

Ensuite, tu roulais au conteneur tout proche, les bouteilles vides, tu ouvrais le hayon de maison de poupée de ta voiture, tu jetais les cadavres inutiles, le bruit que ça faisait. La vidange faite, tu repartais, parfumant l'air de l'odeur de l'essence.

Et puis tu n'es même plus venu voir tes morts. Lentement, ton horizon a déteint sur tes murs. Je n'ai que peu de peine à peindre cette solitude. Je peux parfaitement me la représenter. Ces tiennes routines, manger, dormir, boire, fumer, attendre la suite qui était très exactement la même histoire, je sais ce qu'elles peuvent être. Lentement, sans même y prêter garde, on voit le temps se brouiller totalement. Même les mots qui ne servent plus, on finit par les oublier, jusqu'à atteindre le dernier.

15

Un jour, ton anniversaire, tu te souvenais encore. Il n'y aurait pas de gâteau, pas de chansons, d'amis venus à l'improviste, aucune bougie, la vaisselle qu'on ferait le jour d'après, tant pis, c'était la fête, ça peut attendre, ne traînerait pas dans l'évier.

Le lendemain, un des voisins a remarqué que tes volets, les seuls de l'étage que tu ouvrais, fermais quotidiennement, la régularité unique, demeuraient clos. Ton auto garée montrait que tu n'étais pas sorti. Il a pensé que tu dormais.

Vers le midi, rien n'avait bougé. Le type s'est souvenu de votre bref échange de la veille, tu avais évoqué une migraine terrible, cette impression d'un caillou inséré dans ton crâne. Il n'avait pas relevé. En bon voisin, il est venu frapper. Comme tu ne répondais pas, il a regardé par la vitre trouble si tu étais dans ta cuisine, cette dernière pleine de vide.

Même les invisibles finissent par inquiéter. Après de longues minutes à t'appeler, à secouer la porte, à la voir quasi céder, le bon samaritain a eu l'idée de tenter de passer par l'arrière, c'est le jardin. Il pourrait peut-être te voir quelque part évanoui dans l'autre pièce, ivre mort s'il se trouvait. Tu aurais pu fêter ainsi.

Là-bas, la végétation était tellement folle qu'il avait reculé, prévenu les pompiers. Les gars sont arrivés aussi vite que pour n'importe qui.

Ils ont ouvert au pied de biche. Le mur était abîmé à tel point qu'il est presque tombé sur eux en même temps que le pan de bois de la porte vermoulue. Dedans, cela sentait une vie entière enclose. Les petites pièces explorées une à une laissaient un désordre fascinant. L'escalier qui montait aux chambres craquait comme s'il allait céder à chaque marche. Les hommes casqués, qui en voient de toutes les couleurs, sont montés prudemment pour ne pas le faire s'effondrer sous leur poids.

En haut, un couloir négligé menait à quelques chambres aux portes fermées. Une seule, ouverte, invitait. Ils sont entrés après avoir encore appelé, prévenu qu'ils arrivaient. Pas un seul bruit n'a répondu. Les plus aguerris de ces gars avaient compris depuis l'entrée. Avec l'expérience, leur instinct peut les prévenir dès leurs premiers regards dans un logis.

Tu étais mort dans ton lit, sous une couverture râpeuse d'un gris malade. Dans ton cerveau, l'autopsie l'a montré, une artère avait explosé, inondant tout de fluides qui t'ont tué en moins de temps qu'il ne me faut pour l'écrire. La migraine de la veille, c'était d'ailleurs une autre plaie, moins importante, un précurseur.

Sur le certificat de décès, la mention *Mort naturelle* a mis fin officiellement, sans plus de précisions, à toute une vie.

Clausule

J'écris pour toi d'ici, du domaine des vivants, temporairement. C'est le grand jeu, auquel on perd toujours. Cette règle-là, nul n'y déroge, c'est bonne chose, tu en profites comme tous les autres, le même égal enfin.

Depuis les premières pages, je ne comprends pas pourquoi j'ai entrepris d'esquisser ce que j'en porte. Parfois, on ne sait ce qui nous tient lieu de racines. Cela n'importe pas. Seul le résultat m'importe, la dernière ligne, qu'on oppose à nos ennemis, et l'un d'entre eux, l'oubli.

Je me souviens parfaitement du jour où j'ai appris. Je n'avais pensé à toi depuis si longtemps que tu n'étais déjà plus, pour ce qui me concernait

– ceux qu'on oublie sont morts sans retour. C'est à l'instant où une voix téléphonique m'a appris la nouvelle, une parmi d'autres anodines, que j'ai pris conscience de ça. Et également, que je me souvenais de peu, très peu, tellement peu que c'en était vertigineux.

Pour être franc, je ne sais comment lire tout ton parcours aux marges. Je ne sais comment interpréter ni ce que ça peut dire de nous, les autres, dans l'équilibre du monde. Je ne sais ce qu'il faut voir dans cette démarche, celle de ta famille, puis la tienne ensuite durant ce temps, leurs vies, la tienne. Je ne sais même pas s'il s'agissait d'une démarche consciente ou seulement de quelque mécanisme intérieur irréfléchi qui a conduit vers une absence progressive avant que d'être permanente.

Un retirement.

C'est étonnant, ce vide que tu as su créer, cette marque en creux pareille à celle qu'on laisse dans un sol meuble en enlevant son pouce, trace qui maintenant pour moi est toi.

Pour la combler, j'ai reconstruit ce que je parvenais à collecter dans ma seule mémoire. C'est une forme d'hommage, histoire de ne pas t'abandonner. Je pense que tu comprends de quoi je parle même si en vérité tu ne comprends vraiment plus rien, les morts ne comprennent rien, le rien les occupe totalement.

Alors voilà, je suis aux derniers des fragments. Je ne vois pas plus. Au moins, le temps de quelques pages, d'à peine autant de mots, leur nombre ne doit pas dépasser tous ceux que tu as prononcés en ma présence, de retour dans ce pays dont tu as marché la terre qui t'a tellement oublié qu'elle t'a avalé, il y a eu toi.

Conception graphique et réalisation
Anne-Marie Bourgeois/m87design

Achevé d'imprimer
par Normandie Roto Impression s.a.s.
à Lonrai (61),
en juillet 2025

Dépôt légal
août 2025

Numéro d'imprimeur
2502997

Édition n° 1

Votre version numérique
offerte
pour l'achat d'un livre imprimé *
Demandez votre accès gratuit
au livre numérique
livrenumerique@eni.fr
Bénéficiez d'un accès immédiat
à votre version numérique
en commandant sur www.editions-eni.fr
eni
Editions
* Voir conditions complètes de l'offre sur www.editions-eni.fr. Le livre numérique offert est consultable via Internet, pendant un an.